E SE OBAMA FOSSE AFRICANO?

Obras do autor na Companhia das Letras

Antes de nascer o mundo
As Areias do Imperador 1 – Mulheres de cinzas
As Areias do Imperador 2 – Sombras da água
As Areias do Imperador 3 – O bebedor de horizontes
Cada homem é uma raça
A confissão da leoa
Contos do nascer da Terra
E se Obama fosse africano?
Estórias abensonhadas
O fio das missangas
O gato e o escuro
A menina sem palavra
Na berma de nenhuma estrada
O outro pé da sereia
Poemas escolhidos
Um rio chamado tempo, uma casa chamada terra
Terra sonâmbula
O último voo do flamingo
A varanda do frangipani
Venenos de Deus, remédios do diabo
Vozes anoitecidas

MIA COUTO

E se Obama fosse africano?
e outras interinvenções

Ensaios

9ª reimpressão

COMPANHIA DAS LETRAS

Copyright © 2009 by Mia Couto, Editorial Caminho SA, Lisboa

A editora optou por manter a grafia do português de Moçambique.

Capa
Alceu Chiesorin Nunes

Ilustração de capa
Angelo Abu

Revisão
Huendel Viana

Dados Internacionais de Catalogação na Publicação (CIP)
(Câmara Brasileira do Livro, SP, Brasil)

Couto, Mia.
E se Obama fosse africano? : e outras interinvenções / Mia Couto — 1ª ed.— São Paulo : Companhia das Letras, 2011.

ISBN 978-85-359-2838-9

1. Ensaios 2. Literatura moçambicana (Português) I. Título.

11-06927   CDD-869.4

Índice para catálogo sistemático:
1. Ensaios : Literatura moçambicana em português   869.4

[2021]
Todos os direitos desta edição reservados à
EDITORA SCHWARCZ S.A.
Rua Bandeira Paulista, 702, cj. 32
04532-002 — São Paulo — SP
Telefone: (11) 3707-3500
www.companhiadasletras.com.br
www.blogdacompanhia.com.br
facebook.com/companhiadasletras
instagram.com/companhiadasletras
twitter.com/cialetras

Índice

NOTA INTRODUTÓRIA 7
O guardador de rios

LÍNGUAS QUE NÃO SABEMOS QUE SABÍAMOS 11
Intervenção na Conferência Internacional
de Literatura WALTIC, Estocolmo

OS SETE SAPATOS SUJOS 25
Intervenção no ISCTEM, Maputo

RIOS, COBRAS E CAMISAS DE DORMIR 49
Intervenção no ciclo *Biologia na noite*,
Universidade de Aveiro

SONHAR EM CASA 61
Intervenção sobre Jorge Amado, São Paulo

O INCENDIADOR DE CAMINHOS 69
Intervenção no Congresso Literário *Literatura
de viagem*, Matosinhos

O PLANETA DAS PEÚGAS ROTAS 77
Intervenção no *Encontro sobre Pessoa
Humana*, abertura da Conferência no
Millenium BIM, Maputo

QUEBRAR ARMADILHAS 95
Intervenção no Congresso de Leitura COLE,
Quebrando armadilhas, Brasil

ENCONTROS E ENCANTOS — GUIMARÃES ROSA 107
Intervenção na Universidade de Minas Gerais,
Brasil

DAR TEMPO AO FUTURO 121
Intervenção na inauguração de uma empresa
seguradora, Angola

O FUTURO POR METADE 133
Intervenção nas celebrações do escritor Ibsen,
Maputo

AS OUTRAS VIOLÊNCIAS 139
Intervenção no Segundo Fórum Humanista,
Maputo

A ÚLTIMA ANTENA DO ÚLTIMO INSECTO
— VIDA E OBRA DE HENRI JUNOD 147
Intervenção na Conferência de Homenagem
a Henri Junod, Maputo

DESPIR A VOZ 163
Intervenção no debate *Não matem a cultura,
não matem Craveirinha*, Maputo

LUSO-AFONIAS — A LUSOFONIA ENTRE VIAGENS E CRIMES 173
Intervenção na Universidade de Faro

O NOVELO ENSARILHADO 189
Intervenção no Congresso *Literatura e memória de
guerra* da Universidade Politécnica de Moçambique,
Maputo

E SE OBAMA FOSSE AFRICANO? 197
Artigo publicado no jornal *Savana*, Maputo

Nota introdutória

O guardador de rios

Depois da Independência, um programa de controlo dos caudais dos rios foi instalado em Moçambique. Formulários foram distribuídos pelas estações hidrológicas espalhadas pelo país e um programa de registo foi iniciado para os mais importantes cursos fluviais. A guerra de desestabilização eclodiu e esse projecto, como tantos outros, foi interrompido por mais de uma dúzia de anos. Quando a Paz se reinstalou, em 1992, as autoridades relançaram o projecto acreditando que, em todo o lado, era necessário recomeçar do zero. Contudo, uma surpresa esperava a brigada que visitou uma isolada estação hidrométrica no interior da Zambézia. O velho guarda tinha-se mantido activo e cumprira, com zelo diário, a sua missão durante todos aqueles anos. Esgotados os formulários, ele passou a usar as paredes da estação para gratar, a carvão, os dados hidrológicos que era necessário registar. No interior e exterior, as paredes estavam cobertas de anotações e a velha casa parecia um imenso livro de pedra. Orgulhoso, o guarda recebeu

os visitantes à entrada e apontou para a madeira da porta:
— Começa-se a ler por aqui, para ir habituando os olhos ao escuro.

"A esperança é a última a morrer." Diz-se. Mas não é verdade. A esperança não morre por si mesma. A esperança é morta. Não é um assassínio espectacular, não sai nos jornais. É um processo lento e silencioso que faz esmorecer os corações, envelhecer os olhos dos meninos e nos ensina a perder crença no futuro.

O episódio da estação hidrométrica passou a ser um dos alimentos do meu sentimento de esperança. Como se me lembrasse que devo dialogar com invisíveis rios e tudo em meu redor podem ser paredes onde eu nego a tentação do desalento.

Tal como o anterior Pensatempos, este não é um livro de ficção. Os textos que aqui se reúnem cumprem a missão de intervenção social que a mim mesmo me incumbo como cidadão e como escritor. Com a excepção do artigo sobre a eleição de Obama, todos os restantes textos foram concebidos para alocuções a serem proferidas em encontros e colóquios dentro e fora de Moçambique. Conservei o mais possível a forma coloquial e deixei intencionalmente escapar, aqui e ali, pequenas repetições e improvisações.

Alguns destes textos foram concebidos para o contexto de Moçambique e, eventualmente, pecarão por essa especificidade para o leitor não moçambicano. Acredito, porém, que os rios que percorrem o imaginário do meu país cruzam territórios universais e desembocam na alma do mundo. E nas margens de todos esses rios há gente teimosamente inscrevendo na pedra os minúsculos sinais da esperança.

Mia Couto

Línguas que não sabemos que sabíamos[*]

Num conto que nunca cheguei a publicar acontece o seguinte: uma mulher, em fase terminal de doença, pede ao marido que lhe conte uma história para apaziguar as insuportáveis dores. Mal ele inicia a narração, ela o faz parar:

— *Não, assim não. Eu quero que me fale numa língua desconhecida.*

— *Desconhecida?* — pergunta ele.

— *Uma língua que não exista. Que eu preciso tanto de não compreender nada!*

O marido se interroga: como se pode saber falar uma língua que não existe? Começa por balbuciar umas palavras estranhas e sente-se ridículo como se a si mesmo desse provas da incapacidade de ser humano. Aos poucos, porém, vai ganhando mais à-vontade nesse idioma sem regra. E ele já não sabe se fala, se canta, se reza. Quando se detém, repara que a mulher está adormecida, e mora em seu rosto o mais tranquilo

(*) Intervenção na Conferência Internacional de Literatura WALTIC, Estocolmo, junho de 2008.

sorriso. Mais tarde, ela lhe confessa: aqueles murmúrios lhe trouxeram lembranças de antes de ter memória. E lhe deram o conforto desse mesmo sono que nos liga ao que havia antes de estarmos vivos.

Na nossa infância, todos nós experimentámos este primeiro idioma, o idioma do caos, todos nós usufruímos do momento divino em que a nossa vida podia ser todas as vidas e o mundo ainda esperava por um destino. James Joyce chamava de "caosmologia" a esta relação com o mundo informe e caótico. Essa relação, meus amigos, é aquilo que faz mover a escrita, qualquer que seja o continente, qualquer que seja a nação, a língua ou o género literário.

Eu creio que todos nós, poetas e ficcionistas, não deixamos nunca de perseguir esse caos seminal. Todos nós aspiramos regressar a essa condição em que estivemos tão fora de um idioma que todas as línguas eram nossas. Dito de outro modo, todos nós somos impossíveis tradutores de sonhos. Na verdade, os sonhos falam em nós o que nenhuma palavra sabe dizer.

O nosso fito, como produtores de sonhos, é aceder a essa outra língua que não é falável, essa língua cega em que todas as coisas podem ter todos os nomes. O que a mulher doente pedia é aquilo que todos nós queremos: anular o tempo e fazer adormecer a morte.

Talvez se esperasse que, vindo de África, eu usasse desta tribuna para lamentar, acusar os outros e isentar de culpas aqueles que me são próximos. Mas eu prefiro falar de algo em que todos somos ao mesmo tempo vítimas e culpados. Prefiro falar do modo como o mesmo processo que empobreceu o meu continente está, afinal, castrando a nossa condição comum e universal de criadores de histórias.

Num congresso que celebra o valor da palavra, o tema da minha intervenção é o modo como critérios hoje dominantes desvalorizam palavra e pensamento em nome do lucro fácil e imediato. Falo de razões comerciais que se fecham a outras culturas, outras línguas, outras lógicas. A palavra de hoje é cada vez mais aquela que se despiu da dimensão poética e que não carrega nenhuma utopia sobre um mundo diferente.

O que fez a espécie humana sobreviver não foi apenas a inteligência, mas a nossa capacidade de produzir diversidade. Essa diversidade está sendo negada nos dias de hoje por um sistema que escolhe apenas por razões de lucro e facilidade de sucesso. Os africanos voltaram a ser os "outros", os que vendem pouco e os que compram ainda menos. Os autores africanos que não escrevem em inglês (e em especial os que escrevem em língua portuguesa) moram na periferia da periferia, lá onde a palavra tem de lutar para não ser silêncio.

Caros amigos:

As línguas servem para comunicar. Mas elas não apenas "servem". Elas transcendem essa dimensão funcional. Às vezes, as línguas fazem-nos ser. Outras, como no caso do homem que adormecia em história a sua mulher, elas fazem-nos deixar de ser. Nascemos e morremos naquilo que falamos, estamos condenados à linguagem mesmo depois de perdermos o corpo. Mesmo os que nunca nasceram, mesmo esses existem em nós como desejo de palavra e como saudade de um silêncio.

Vivemos dominados por uma percepção redutora e utilitária que converte os idiomas num assunto técnico da competência dos linguistas. Contudo, as línguas que sabemos — e mesmo as que não sabemos que sabíamos — são múltiplas e nem sempre capturáveis pela lógica racionalista que domina o nosso consciente. Existe algo que escapa à norma e aos códigos. Essa dimensão esquiva é aquela que a mim, enquanto escritor, mais me fascina. O que me move é a vocação divina da palavra, que não apenas nomeia mas que inventa e produz encantamento.

Estamos todos amarrados aos códigos colectivos com que comunicamos na vida quotidiana. Mas quem escreve quer dizer coisas que estão para além da vida quotidiana. Nunca o nosso mundo teve ao seu dispor tanta comunicação. E nunca foi tão dramática a nossa solidão. Nunca houve tanta estrada. E nunca nos visitámos tão pouco.

Sou biólogo e viajo muito pela savana do meu país. Nessas regiões encontro gente que não sabe ler livros. Mas que sabe ler o seu mundo. Nesse universo de outros saberes, sou eu o analfabeto. Não sei ler sinais da terra, das árvores e dos bichos. Não sei ler nuvens, nem o prenúncio das chuvas. Não sei falar com os mortos, perdi contacto com os antepassados que nos concedem o sentido da eternidade. Nessas visitas que faço à savana, vou aprendendo sensibilidades que me ajudam a sair de mim e a afastar-me das minhas certezas. Nesse território, eu não tenho apenas sonhos. Eu sou sonhável.

Moçambique é um extenso país, tão extenso quanto recente. Existem mais de 25 línguas distintas. Desde o ano da Independência, alcançada em 1975, o português é a língua oficial. Há trinta anos apenas, uma minoria absoluta falava essa língua ironicamente tomada de empréstimo do colonizador para negar o passado colonial. Há trinta anos, quase nenhum moçambicano tinha o português como língua materna. Agora, mais de 12% dos moçambicanos têm o português como seu primeiro idioma. E a grande maioria entende e fala português inculcando na norma portuguesa as marcas das culturas de raiz africana.

Esta tendência de mudança coloca em confronto mundos que não são apenas linguisticamente distintos. Os idiomas existem enquanto parte de universos culturais mais vastos. Há quem lute para manter vivos idiomas que estão em risco de extinção. Essa luta é absolutamente meritória e recorda a nossa batalha como biólogos para salvar do desaparecimento espécies de animais e plantas. Mas as línguas salvam-se se a cultura em que se inserem se mantiver dinâmica. Do mesmo modo, as espécies biológicas apenas se salvam se os seus habitats e os processos naturais forem preservados.

As culturas sobrevivem enquanto se mantiverem produtivas, enquanto forem sujeito de mudança e elas próprias dialogarem e se mestiçarem com outras culturas. As línguas e as culturas fazem como as criaturas: trocam genes e inventam simbioses como resposta aos desafios do tempo e do ambiente.

Em Moçambique vivemos um período em que encontros e desencontros se estão estreando num caldeirão de efervescências e paradoxos. Nem sempre as palavras servem de ponte na tradução desses mundos diversos. Por exemplo, conceitos que nos parecem universais como Natureza, Cultura e Sociedade são de difícil correspondência. Muitas vezes não existem palavras nas línguas locais para exprimir esses conceitos. Outras vezes é o inverso: não existem nas línguas europeias expressões que traduzam valores e categorias das culturas moçambicanas.

Recordo um episódio que sucedeu comigo. Em 1989, fazia pesquisa na Ilha da Inhaca quando desembarcou nessa ilha uma equipa de técnicos das Nações Unidas. Vinham fazer aquilo que se costuma chamar de "educação ambiental". Não quero comentar aqui como esse conceito de *educação ambiental* esconde muitas vezes uma arrogância messiânica. A verdade é que, munidos de boa-fé, os cientistas traziam malas com projectores de slides e filmes. Traziam, enfim, aquilo que na sua linguagem designavam por "kits de educação", na ingénua esperança de que a tecnologia é a salvação para problemas de entendimento e de comunicação.

Na primeira reunião com a população surgiram curiosos mal-entendidos que revelam a dificuldade de tradução não de palavras mas de pensamento. No pódio estavam os cientistas que falavam em inglês, eu, que traduzia para português, e um pescador que traduzia de português para a língua local, o chidindinhe. Tudo começou logo na apresentação dos visitantes (devo dizer que, por acaso, a maior parte deles eram suecos). "Somos cientistas", disseram eles. Contudo, a palavra "cientista" não existe na língua local. O termo escolhido pelo tradutor foi *inguetlha* que quer dizer feiticeiro. Os visitantes surgiam assim aos olhos daquela gente como feiticeiros brancos. O sueco que dirigia a delegação (e ignorando o estatuto com que acabara de ser investido) anunciou a seguir: "Vimos aqui para trabalhar na área do Meio Ambiente".

Ora, a ideia de Meio Ambiente, naquela cultura, não existe de forma autónoma e não há palavra para designar exactamente esse conceito. O tradutor hesitou e acabou escolhendo a palavra *Ntumbuluku*, que quer dizer várias coisas mas, sobretudo, refere uma espécie de Big Bang, o momento da criação da humanidade. Como podem imaginar, os ilhéus estavam fascinados: a sua pequena ilha tinha sido escolhida para estudar um assunto da mais nobre e elevada metafísica.

Já no período de diálogo, o mesmo sueco pediu à assembleia que identificasse os problemas ambien-

tais que mais perturbavam a ilha. A multidão entreolhou-se, perplexa: "Problemas ambientais?"
E após recíprocas consultas as pessoas escolheram o maior problema: a invasão das machambas[1] pelos *tinguluve*, os porcos do mato. Curiosamente, o termo *tinguluve* nomeia também os espíritos dos falecidos que adoeceram depois de terem deixado de viver. Fossem espíritos, fossem porcos, o consultor estrangeiro não se sentia muito à vontade no assunto dos *tinguluve*. Ele jamais havia visto tal animal. A assembleia explicou: os tais porcos surgiram misteriosamente na ilha, reproduziram-se na floresta e agora destruíam as machambas.
— *Destroem as machambas? Então, é fácil: vamos abatê-los!*
A multidão reagiu com um silêncio receoso. Abater espíritos? Ninguém mais quis falar ou escutar fosse o que fosse. E a reunião acabou abruptamente, ferida por uma silenciosa falta de confiança.
Já noite, um grupo de velhos me veio bater à porta. Solicitavam que chamasse os estrangeiros para que o assunto dos porcos fosse esclarecido. Os consultores lá vieram, admirados pelo facto de lhes termos interrompido o sono.
— *É por causa dos porcos selvagens.*
— *O que têm os porcos?*
— *É que não são bem-bem porcos...*

[1] Terrenos agrícolas para produção familiar.

— *Então são o quê?* — perguntaram eles, seguros de que uma criatura não pode ser e não ser ao mesmo tempo. — *Quase são porcos. Mas não são os "próprios" porcos.*

O esclarecimento ia de mal a pior. Os porcos eram definidos em termos cada vez mais vagos: "bichos convertíveis", "animais temporários" ou "visitadores enviados por alguém". O zoólogo, já cansado, pegou num manual de identificação e exibiu uma fotografia de um porco selvagem. Os ilhéus olharam e disseram: "É este mesmo". Os cientistas sorriram satisfeitos, mas o sabor de vitória foi breve, pois um dos nhacas acrescentou: "Sim, o animal é esse, mas só de noite". Os consultores, creio eu, ficaram com a suspeita de que eu não tinha competência para tradutor. Desse modo, não precisavam de se questionar nem de interrogar o seu modo de chegar a um local estranho.

Fosse qual fosse a tradução correcta, a verdade é que a relação entre consultores e a comunidade local nunca chegou a ser boa e nenhum sistema de apresentação no moderno *PowerPoint* conseguiu compensar a marca dos mal-entendidos iniciais.

Numa outra ocasião, eu acompanhava uma delegação presidencial de visita a uma província do Norte de Moçambique. O presidente da República apresentava os membros da sua comitiva ministerial. Quando chegou a vez do ministro da Cultura, o tradutor fez uma pausa e depois se decidiu e anunciou: "Este é o ministro das brincadeiras".

Em algumas línguas de Moçambique não existe a palavra "pobre". Um pobre é designado como sendo *chisiwana*, expressão que quer dizer órfão. Nessas culturas, o pobre não é apenas o que não tem bens, mas é sobretudo o que perdeu a rede das relações familiares que, na sociedade rural, serve de apoio à sobrevivência. O indivíduo é pobre quando não tem parentes. A pobreza é a solidão, a ruptura com a família. Os consultores internacionais, especialistas em elaborar relatórios sobre a miséria, talvez não tenham em conta o impacto dramático da destruição dos laços familiares e das relações sociais de entreajuda. Nações inteiras se estão tornando "órfãs", e a mendicidade parece ser a única via de uma agonizante sobrevivência.

Estes episódios pretendem sublinhar aquilo que já sabemos: os sistemas de pensamento da ruralidade africana não são facilmente redutíveis às lógicas dominantes da Europa. Alguns pretendem entender África e mergulham em análises dos fenómenos políticos, sociais e culturais. Para entender a diversidade africana, porém, é preciso conhecer os sistemas de pensamento e os universos religiosos, que frequentemente nem sequer têm nomes. Esses sistemas são curiosos porque, muitas vezes, eles se fundamentam na própria negação dos deuses que invocam. Para a maior parte dos camponeses do meu país, a questão da origem do mundo não se coloca: o universo simplesmente sempre existiu. Qual é o serviço de Deus num mundo que não teve começo? E, por isso, em algumas religiões de Moçambique, as divindades são ditas no plural e têm os mesmos nomes dos homens vivos. O assunto de Deus, diz o provérbio makwa,[2] é como o ovo: "se não seguramos cai no chão, se seguramos demasiado parte-se".

Do mesmo modo, a ideia de "meio ambiente" pressupõe que nós, humanos, estamos no centro e as coisas moram à nossa volta. Na realidade, as coisas não nos rodeiam, nós formamos com elas um mesmo mundo, somos coisas e gente habitando um indivisível corpo. Esta diversidade de pensamento sugere que talvez seja necessário assaltar um último reduto de racismo que é a arrogância de um único saber e a incapacidade de estar disponível para filosofias que chegam das nações empobrecidas.

Falei das cosmogonias diversas e peculiares de zonas rurais de Moçambique. Mas não gostaria que olhassem para elas como essências, resistindo ao tempo e às dinâmicas de troca. Hoje, quando revisito a Ilha da Inhaca, verifico que já se organizam campanhas para matar os porcos selvagens que assaltam as machambas. E os chefes locais preparam por telemóvel visitas de cientistas estrangeiros. Em todo o país, milhões de moçambicanos já se apropriaram das palavras "cultu-

---

[2] Nome de um povo de Moçambique e da sua respectiva língua.

ra" e "natureza" e trouxeram-nas para dentro dos seus universos culturais. Essas palavras novas estão trabalhando sobre as culturas de origem, do mesmo modo que certas árvores inventam o chão de onde parecem emergir. Em suma, os fenómenos culturais não estão parados no tempo à espera que um antropólogo os venha registar, como prova de um mundo exótico e exterior à modernidade.

África tem sido sujeita a sucessivos processos de essencialização e folclorização, e muito daquilo que se proclama como autenticamente africano resulta de invenções feitas fora do continente. Os escritores africanos sofreram durante décadas a chamada prova de autenticidade: pedia-se que os seus textos traduzissem aquilo que se entendia como sua verdadeira etnicidade. Os jovens autores africanos estão-se libertando da "africanidade". Eles são o que são sem que necessitem de proclamação. Os escritores africanos desejam ser tão universais como qualquer outro escritor do mundo.

É verdade que muitos escritores em África enfrentam problemáticas específicas, mas eu prefiro não tomar de empréstimo essa ideia de África como um lugar único, singular e homogéneo. Há tantas Áfricas quantos escritores, e todos eles estão reinventando continentes dentro de si mesmos. É verdade que grande parte dos escritores africanos enfrenta desafios para ajustar línguas e culturas diversas. Mas esse problema não é exclusivo nosso, os de África. Não existe escritor no mundo que não tenha de procurar uma identidade própria entre identidades múltiplas e fugidias. Em todos os continentes, cada homem é uma nação feita de diversas nações. Uma dessas nações vive submersa e secundarizada pelo universo da escrita. Essa nação oculta chama-se oralidade.

Uma vez mais, a oralidade não é apenas um facto tipicamente africano, nem é uma característica exclusiva daquilo que se chama erradamente de "povos indígenas". A oralidade é um território universal, um tesouro rico de lógicas e sensibilidades que são resgatadas pela poesia.

Subsiste a ideia de que apenas os escritores africanos sofrem aquilo que se chama o "drama linguístico". É certo que a colonização trouxe traumas de identidade e alienação. Mas a verdade, meus amigos, é que nenhum escritor tem ao seu dispor uma língua já feita. Todos nós temos de encontrar uma língua própria que nos revele como seres únicos e irrepetíveis.

O sociólogo indiano André Béteille escreveu: "Conhecer uma língua nos torna humanos; sentir-mo-nos à vontade em mais que uma língua nos torna civilizados". Se isto é verdade, os africanos — secularmente apontados como os não-civilizados — poderão estar mais disponíveis para a modernidade do que eles próprios pensam. Grande parte dos africanos domina mais do que uma língua africana e, além disso, falam uma língua europeia. Aquilo que é geralmente tido como problemático pode ser, afinal, uma potencialidade para o futuro. Porque a nossa habilidade de poliglotas nos pode conferir, a nós africanos, um passaporte para algo que hoje se tornou perigosamente raro: a viagem entre identidades diversas e a possibilidade de visitar a intimidade dos outros.

De qualquer modo, um futuro civilizado passa por grandes e radicais mudanças neste mundo que poderia ser mais nosso. Implica acabar com a fome, a guerra, a miséria. Mas implica também estar disponível para lidar com os materiais do sonho. E isso tem a ver com a língua que fez adormecer a mulher doente no início desta minha intervenção. Esse homem futuro deveria ser, sim, uma espécie de nação bilingue. Falando um idioma arrumado, capaz de lidar com o quotidiano visível. Mas dominando também uma outra língua que dê conta daquilo que é da ordem do invisível e do onírico.

O que advogo é um homem plural, munido de um idioma plural. Ao lado de uma língua que nos faça ser mundo, deve coexistir uma outra que nos faça sair do mundo. De um lado, um idioma que nos crie raiz e lugar. Do outro, um idioma que nos faça ser asa e viagem.

Ao lado de uma língua que nos faça ser humanidade, deve existir uma outra que nos eleve à condição de divindade.

Os sete sapatos sujos*

Começo pela confissão de um sentimento conflituoso: é um prazer e uma honra ter recebido este convite e estar aqui convosco. Mas, ao mesmo tempo, não sei lidar com este nome pomposo: "oração de sapiência". De propósito, escolhi um tema sobre o qual tenho apenas algumas, mal contidas, ignorâncias. Todos os dias somos confrontados com o apelo exaltante de combater a pobreza. E todos nós, de modo generoso e patriótico, queremos participar nessa batalha. Existem, no entanto, várias formas de pobreza. E há, entre todas, uma que escapa às estatísticas e aos indicadores numéricos: é a penúria da nossa reflexão sobre nós mesmos. Falo da dificuldade de nos pensarmos como sujeitos históricos, como lugar de partida e como destino de um sonho.

Usarei da palavra na minha qualidade de escritor tendo escolhido um terreno que é a nossa interioridade, um território em que somos todos amadores. Neste domínio ninguém tem licenciatura, nem pode

(*) Oração de Sapiência no ISCTEM, Maputo, 2006.

ter a ousadia de proferir orações de "sapiência". O único segredo, a única sabedoria é sermos verdadeiros, não termos medo de partilhar publicamente as nossas fragilidades. É isso que venho fazer, partilhar convosco algumas das minhas dúvidas, das minhas solitárias cogitações.

No dia em que fiz onze anos de idade, a 5 de julho de 1966, o presidente Kenneth Kaunda veio aos microfones da Rádio de Lusaka para anunciar que um dos grandes pilares da felicidade do seu povo tinha sido construído. Kaunda agradecia ao povo da Zâmbia pelo seu envolvimento na criação da primeira universidade no país. Uns meses antes, Kaunda tinha lançado um apelo para que cada zambiano contribuísse para construir a Universidade. A resposta foi comovente: dezenas de milhares de pessoas corresponderam ao apelo. Camponeses deram milho, pescadores ofertaram pescado, funcionários deram dinheiro. Um país de gente analfabeta juntou-se para criar aquilo que imaginavam ser uma página nova na sua história. A mensagem dos camponeses na inauguração da Universidade dizia: *Nós demos porque acreditamos que, fazendo isto, os nossos netos deixarão de passar fome.*

Quarenta anos depois, os netos dos camponeses zambianos continuam sofrendo de fome. Na realidade, os zambianos vivem hoje pior do que viviam naquela altura. Na década de 1960, a Zâmbia beneficiava de um Produto Nacional Bruto comparável aos de Singapura e Malásia. Hoje, nem de perto nem de longe se pode comparar o nosso vizinho com aqueles dois países da Ásia.

Algumas nações africanas podem justificar a permanência da miséria porque sofreram guerras. Mas a Zâmbia nunca teve guerra. Alguns países podem argumentar que não possuem recursos. Todavia, a Zâmbia é uma nação com poderosos recursos minerais. De quem é a culpa deste frustrar de expectativas? Quem falhou? Foi a Universidade? Foi a sociedade? Foi o mundo inteiro que falhou? E por que razão Singapura e Malásia progrediram e a Zâmbia regrediu? Falei da Zâmbia como um país africano ao acaso. Infelizmente, não faltariam outros exemplos. O nosso continente está repleto de casos idênticos, de marchas falhadas, de esperanças frustradas. Generalizou-se entre nós a descrença na possibilidade de mudarmos os destinos do nosso continente. Vale a pena perguntarmo-nos: o que está a acontecer? O que é que é preciso mudar dentro e fora de África?

Estas perguntas são sérias. Não podemos iludir as respostas, nem continuar a atirar poeira para ocultar responsabilidades. Não podemos aceitar que elas sejam apenas preocupação dos governos.

Felizmente, estamos vivendo em Moçambique uma situação particular, com diferenças bem visíveis. Temos que reconhecer e ter orgulho pelo facto de o nosso percurso ter sido bem distinto. Acabámos recentemente de presenciar uma dessas diferenças. Desde 1957, apenas seis entre 153 chefes de Estado africanos renunciaram voluntariamente ao poder. Joaquim Chissano é o sétimo desses presidentes. Parece um detalhe mas é indicativo de que o processo moçambicano se guiou por lógicas bem diversas.

Contudo, as conquistas da liberdade e da democracia que hoje usufruímos só serão definitivas quando se converterem em cultura de cada um de nós. E esse é ainda um caminho de gerações. Entretanto, pesam sobre Moçambique ameaças que são comuns a todo o continente. A fome, a miséria, as doenças, tudo isso partilhamos com o resto de África. Os números são aterradores: 90 milhões de africanos morrerão com Sida nos próximos vinte anos. Para esse trágico número, Moçambique terá contribuído com cerca de três milhões de mortos. A maior parte destes condenados são jovens e representam exactamente a alavanca com que poderíamos remover o peso da miséria. Quer dizer, África não está só perdendo o seu próprio presente: está perdendo o chão onde nasceria um outro amanhã.

Ter futuro custa muito dinheiro. Mas é muito mais caro só ter passado. Antes da Independência, para os camponeses zambianos não havia futuro. Hoje o único tempo que para eles existe é o futuro dos outros.

Os desafios são maiores que a esperança? Mas nós não podemos senão ser optimistas e fazer aquilo que os brasileiros chamam de levantar, sacudir a poeira e dar a volta por cima. O pessimismo é um luxo para os ricos.

Meus senhores e minhas senhoras:

A pergunta crucial é esta: O que é que nos separa desse futuro que todos queremos? Alguns acreditam que o que falta são mais quadros, mais escolas, mais hospitais. Outros acreditam que precisamos de mais investidores, mais projectos económicos. Tudo isso é necessário, tudo isso é imprescindível. Mas para mim há uma outra coisa que é ainda mais importante. Essa coisa tem um nome: é uma nova atitude. Se não mudarmos de atitude não conquistaremos uma condição melhor. Poderemos ter mais técnicos, mais hospitais, mais escolas, mas não seremos construtores de futuro.

Falo de uma nova atitude, mas a palavra deve ser pronunciada no plural, pois ela compõe um vasto conjunto de posturas, crenças, conceitos e preconceitos. Há muito que venho defendendo que o maior factor de atraso em Moçambique não se localiza na economia, mas na incapacidade de gerarmos um pensamento produtivo, ousado e inovador. Um pensamento que não resulte da repetição de lugares-comuns, de fórmulas e de receitas já pensadas pelos outros.

Às vezes pergunto-me: De onde vem a dificuldade em nos pensarmos como sujeitos da História? Vem sobretudo de termos legado sempre aos outros o desenho da nossa própria identidade. Primeiro, os africanos foram negados. O seu território era a ausência, o seu tempo estava fora da História. Depois, os africanos foram estudados como um caso clínico. Agora, são ajudados a sobreviver no quintal da História.

Estamos todos nós estreando um combate interno para domesticar os nossos antigos fantasmas. Não podemos entrar na modernidade com o actual fardo de preconceitos. À porta da modernidade precisamos de nos descalçar. Eu contei sete sapatos sujos que precisamos de deixar na soleira da porta dos tempos novos. Haverá muitos. Mas eu tinha que escolher e sete é um número mágico.

Primeiro sapato: a ideia de que os culpados são sempre os outros e nós somos sempre vítimas

Nós já conhecemos este discurso. A culpa já foi da guerra, do colonialismo, do imperialismo, do *apartheid*, enfim, de tudo e de todos. Menos nossa. É verdade que os outros tiveram a sua dose de culpa no nosso sofrimento. Mas parte da responsabilidade sempre morou dentro de casa.

Estamos sendo vítimas de um longo processo de desresponsabilização. Esta lavagem de mãos tem sido estimulada por algumas elites africanas que querem permanecer na impunidade. Os culpados estão, à partida, encontrados: são os outros, os da outra etnia, os da outra raça, os da outra geografia.

Há um tempo atrás fui sacudido por um livro intitulado *Capitalist Nigger: The Road to Success* de um nigeriano chamado Chika A. Onyeani. Reproduzi num jornal nosso um texto desse economista que é um apelo veemente para que os africanos renovem o olhar que mantêm sobre si mesmos. Permitam-me que leia aqui um excerto desse texto.

Caros irmãos:

Estou completamente cansado de pessoas que só pensam numa coisa: queixar-se e lamentar-se num ritual em que nos fabricamos mentalmente como vítimas. Choramos e lamentamos, lamentamos e choramos. Queixamo-nos até à náusea sobre o que os outros nos fizeram e continuam a fazer. E pensamos que o mundo nos deve qualquer coisa. Lamento dizer-vos que isto não passa de uma ilusão. Ninguém nos deve nada. Ninguém está disposto a abdicar daquilo que tem, com a justificação de que nós também queremos o mesmo. Se quisermos algo temos que o saber conquistar. Não podemos continuar a mendigar, meus irmãos e minhas irmãs.

Quarenta anos depois da Independência continuamos a culpar os patrões coloniais por tudo o que acontece na África dos nossos dias. Os nossos dirigentes nem sempre são suficientemente honestos para aceitar a sua responsabilidade na pobreza dos nossos povos. Acusamos os europeus de roubar e pilhar os recursos naturais de África. Mas eu pergunto-vos: digam-me, quem está a convidar os europeus para assim procederem, não somos nós?

Queremos que outros nos olhem com dignidade e

sem paternalismo. Mas, ao mesmo tempo, continuamos olhando para nós mesmos com benevolência complacente: somos peritos na criação do discurso desculpabilizante. E dizemos:

- que alguém rouba porque, coitado, é pobre (esquecendo que há milhares de outros pobres que não roubam);
- que o funcionário ou o polícia são corruptos porque, coitados, têm um salário insuficiente (esquecendo que ninguém, neste mundo, tem salário suficiente);
- que o político abusou do poder porque, coitado, na tal África profunda, essas práticas são antropologicamente legítimas.

A desresponsabilização é um dos estigmas mais graves que pesa sobre nós, africanos, de norte a sul. Há os que dizem que se trata de uma herança da escravatura, desse tempo em que não se era dono de si mesmo. O patrão, muitas vezes longínquo e invisível, era responsável pelo nosso destino. Ou pela ausência de destino.

Hoje, nem sequer simbolicamente matamos o antigo patrão. Uma das formas de tratamento que mais rapidamente emergiu de há uns dez anos para cá foi a palavra "patrão". Foi como se nunca tivesse realmente morrido, como se espreitasse uma oportunidade histórica para se relançar no nosso quotidiano. Pode-se culpar alguém desse ressurgimento? Não. Mas nós estamos criando uma sociedade que produz desigualdades e que reproduz relações de poder que acreditávamos estarem já enterradas.

Segundo sapato: a ideia de que o sucesso não nasce do trabalho

Ainda hoje despertei com a notícia que refere que um presidente africano vai mandar exorcizar o seu palácio de trezentos quartos porque escuta ruídos "estranhos" durante a noite. O palácio é tão desproporcionado para a riqueza do país que demorou vinte anos a ser terminado. As insónias do presidente poderão nascer não de maus espíritos mas de uma certa má consciência.

O episódio apenas ilustra o modo como, de uma forma dominante, ainda explicamos os fenómenos positivos e negativos. O que explica a desgraça mora junto do que justifica a bem-aventurança. A equipa desportiva ganha, a obra de arte é premiada, a empresa tem lucros, o funcionário foi promovido? Tudo isso se deve a quê? A primeira resposta, meus amigos, todos a conhecemos. O sucesso deve-se à boa sorte. E a palavra "boa sorte" quer dizer duas coisas: a protecção dos antepassados mortos e a protecção dos padrinhos vivos.

Nunca ou quase nunca se vê o êxito como resultado do esforço, do trabalho como um investimento a longo prazo. As causas do que nos acontece (de bom ou de mau) são atribuídas a forças invisíveis que comandam o destino. Para alguns esta visão causal é tida como tão intrinsecamente "africana" que perderíamos "identidade" se dela abdicássemos. Os debates sobre as "autênticas" identidades são sempre escorregadios. Vale a pena debatermos, sim, se não podemos reforçar uma visão mais produtiva e que aponte para uma atitude mais activa e interventiva sobre o curso da História.

Infelizmente olhamo-nos mais como consumidores do que como produtores. A ideia de que África pode produzir arte, ciência e pensamento é estranha mesmo para muitos africanos. Até aqui o continente produziu recursos naturais e força laboral. Produziu futebolistas, dançarinos, artesãos. Tudo isso se aceita, tudo isso reside no domínio daquilo que se entende como "natureza". Mas já poucos aceitarão que os africanos possam ser produtores de ideias, de ética e de modernidade. Não é preciso que os outros desacreditem. Nós próprios nos encarregamos dessa descrença.

O ditado diz: "O cabrito come onde está amarrado". Todos conhecemos o lamentável uso deste aforismo e como ele fundamenta a acção de gente que tira partido das situações e dos lugares. Já é triste que nos equiparemos a um cabrito. Mas também é sintomático que, nestes provérbios de conveniência, nunca nos identificamos com os animais produtores, como é, por exemplo, a formiga. Imaginemos que o ditado muda e passa a ser assim: "Cabrito produz onde está amarrado." Eu aposto que, neste caso, ninguém mais quer ser cabrito.

Terceiro sapato: o preconceito de que quem critica é um inimigo

Muitos acreditam que, com o fim do monopartidarismo, terminaria a intolerância para com os que pensavam diferente. Mas a intolerância não é apenas fruto de regimes. É o fruto de culturas e religiões, é o resultado da História. Herdamos da sociedade rural uma noção de lealdade que é demasiado paroquial. Esse desencorajar do espírito crítico é ainda mais grave quando se trata da juventude. O universo rural é fundado na autoridade da idade. Aquele que é jovem, aquele que não casou nem teve filhos, esse não tem direitos, não tem voz nem visibilidade. A mesma marginalização pesa sobre a mulher.

Toda essa herança não ajuda a que se crie uma cultura de discussão frontal e aberta. Muito do debate de ideias é, assim, substituído pela agressão pessoal. Basta diabolizar quem pensa de modo diverso. Existe uma variedade de demónios à disposição: uma cor política, uma cor de alma, uma cor de pele, uma origem social ou religiosa diversa.

Há neste domínio um componente histórico recente que devemos considerar: Moçambique nasceu da luta de guerrilha. Essa herança deu-nos um sentido épico da História e um profundo orgulho no modo como a independência foi conquistada. Mas a luta armada de libertação nacional também cedeu, por inércia, à ideia de que o povo era uma espécie de exército e podia ser comandado por via de disciplina militar.

Nos anos pós-independência, todos éramos militantes, todos tínhamos uma só causa, a nossa alma inteira vergava-se em continência na presença dos chefes. E havia tantos chefes. Essa herança não ajudou a que nascesse uma capacidade de insubordinação positiva. Faço-vos agora uma confidência. No início da década de 1980 fiz parte de um grupo de escritores e músicos a quem foi dada a incumbência de produzir um novo hino nacional e um novo hino para o Partido Frelimo. A forma como recebemos a tarefa era indicadora dessa disciplina: recebemos a missão, fomos requisitados aos nossos serviços, e a mando do presidente Samora Machel fomos fechados numa residência na Matola, tendo-nos sido dito: só saem daí quando tiverem feito os hinos. Esta relação entre o poder e os artistas só é pensável num dado quadro histórico. O que é certo é que nós aceitámos com dignidade essa incumbência, essa tarefa surgia como uma honra e um dever patriótico. E realmente lá nos comportámos mais ou menos bem. Era um momento de grandes dificuldades... e as tentações eram muitas. Nessa residência, na Matola, havia comida, empregados, piscina... num momento em que tudo isso faltava na cidade. Nos primeiros dias, confesso, nós estávamos fascinados com tanta mordomia e até nos demos direito a momentos de longa preguiça. Esse sentimento de desobediência adolescente era o nosso modo de exercermos uma pequena vingança contra essa disciplina de regimento.

Na letra de um dos hinos lá estava reflectida essa

tendência militarizada, essa aproximação metafórica
a que já fiz referência:

*Somos soldados do povo
Marchando em frente*

Tudo isto tem de ser olhado no seu contexto sem ressentimento. Afinal, foi assim que nasceu a *Pátria amada*, este hino que nos canta como um só povo, unido por um sonho comum.

Quarto sapato: a ideia de que mudar as palavras muda a realidade

Certa vez, em Nova Iorque, um compatriota nosso fazia uma exposição sobre a situação da nossa economia e, a certo momento, falou de mercado negro. Foi o fim do mundo. Vozes indignadas de protesto se ergueram e o meu pobre amigo teve de interromper sem entender bem o que se estava a passar. No dia seguinte recebíamos uma espécie de pequeno dicionário dos termos politicamente incorrectos. Estavam banidos da língua termos como cego, surdo, gordo, magro, etc...

Nós fomos a reboque destas preocupações de ordem cosmética. Estamos reproduzindo um discurso que privilegia o superficial e que sugere que, mudando a cobertura, o bolo passa a ser comestível. Hoje assistimos, por exemplo, a hesitações sobre se devemos dizer "negro" ou "preto". Como se o problema estivesse nas palavras, em si mesmas. O curioso é que, enquanto nos entretemos com essa escolha, vamos mantendo designações que são realmente pejorativas como as de "mulato" e de "monhé" (embora a etimologia deste último termo não seja, à partida, uma desconsideração).

Há toda uma geração que está aprendendo uma língua — a língua dos *workshops*. É um código simples, uma espécie de crioulo a meio caminho entre o inglês e o português. Na realidade, não é uma língua mas um vocabulário de pacotilha. Basta saber agitar umas tantas palavras da moda para falarmos como os outros, isto é, para não dizermos nada. Recomendo-vos fortemente uns tantos termos como, por exemplo:

— desenvolvimento sustentável;
— *awarenesses* ou *accountability*;
— boa governação;
— *capacity building*;
— comunidades locais.

Estes ingredientes devem ser usados de preferência num formato *PowerPoint*. Outro segredo para fazer boa figura nos *workshops* é fazer uso de umas tantas siglas. Porque um *workshopista* de categoria domina esses códigos. Cito aqui uma possível frase de um possível relatório: *Os ODMS do PNUD equipararam-se ao NEPAD da UA e ao PARPA do GOM*. Para bom entendedor meia sigla basta.

Sou de um tempo em que o que éramos era medido pelo que fazíamos. Hoje o que somos é medido pelo espectáculo que fazemos de nós mesmos, pelo modo como nos colocamos na montra. O cv, o cartão de visitas (cheio de requintes e títulos), a bibliografia de publicações que quase ninguém leu, tudo isso parece sugerir uma coisa: a aparência passou a valer mais do que a capacidade para fazermos coisas. Muitas das instituições que deviam produzir ideias estão hoje produzindo papéis, atafulhando prateleiras de relatórios condenados a serem arquivo morto. Em lugar de soluções encontram-se problemas. Em lugar de acções sugerem-se novos estudos.

Quinto sapato: a vergonha de ser pobre e o culto das aparências

A pressa em mostrar que não se é pobre é, em si mesma, um atestado de pobreza. A nossa pobreza não pode ser motivo de ocultação. Quem deve sentir vergonha não é o pobre mas quem cria pobreza.
Vivemos hoje uma atabalhoada preocupação em exibirmos falsos sinais de riqueza. Criou-se a ideia de que o estatuto do cidadão nasce dos sinais que o diferenciam dos mais pobres.
Recordo-me que certa vez entendi comprar uma viatura em Maputo. Quando o vendedor reparou no carro que eu tinha escolhido quase lhe deu um ataque. "Mas esse, senhor Mia?! Ora, o senhor necessita de uma viatura compatível." O termo é curioso: "compatível". "Compatível com o quê?", pergunto eu.

Estamos vivendo num palco de teatro e de representações: uma viatura já é não um objecto funcional. É um passaporte para um estatuto de importância, uma fonte de vaidades. O carro converteu-se num motivo de idolatria, numa espécie de santuário, numa verdadeira obsessão promocional.

Esta doença, esta religião que se podia chamar "viaturalatria" atacou desde o dirigente do Estado ao menino da rua. Um miúdo que não sabe ler é capaz de conhecer a marca e os detalhes todos dos modelos de viaturas. É triste que o horizonte de ambições seja tão vazio e se reduza ao brilho de uma marca de automóvel.

É urgente que as nossas escolas exaltem a humildade e a simplicidade como valores positivos. A arrogância e o exibicionismo não são, como se pretende, emanações de alguma essência da cultura africana do poder. São emanações de quem toma a embalagem pelo conteúdo.

Sexto sapato: a passividade perante a injustiça

Estamos dispostos a denunciar injustiças quando são cometidas contra a nossa pessoa, o nosso grupo, a nossa etnia, a nossa religião. Estamos menos dispostos quando a injustiça é praticada contra os "outros". Persistem em Moçambique zonas silenciosas de injustiça, áreas onde o crime permanece invisível. Refiro-me, em particular, aos seguintes domínios:

— à violência doméstica (40% dos crimes resultam de agressão doméstica contra mulheres);
— à violência contra as viúvas;
— à forma aviltante como, muitas vezes, são tratados os trabalhadores;
— aos maus tratos infligidos às crianças.

Ficámos escandalizados com o anúncio que privilegiava candidatos de raça branca. Tomaram-se medidas imediatas e isso foi absolutamente correcto. Contudo, existem convites à discriminação que são tão ou mais graves e que aceitamos como sendo naturais e inquestionáveis.

Tomemos esse anúncio do jornal e imaginemos que ele tinha sido redigido de forma correcta e não racial. Será que tudo estava bem? Eu não sei se todos estão a par da tiragem do jornal *Notícias*. São 13 mil exemplares. Mesmo se aceitarmos que cada jornal é lido por cinco pessoas, temos que o número de leitores é menor que a população de um bairro de Maputo. É dentro deste universo que circulam convites para promoções e os acessos a oportunidades. Falei na tiragem mas deixei de lado o problema da circulação. Por que geografia restrita circulam as mensagens dos nossos jornais? Quanto de Moçambique é deixado de fora?

É verdade que esta discriminação não é comparável à do anúncio racista porque não é resultado de acção explícita e consciente. Mas os efeitos de discriminação e exclusão destas práticas sociais devem ser pensados e não podem cair no saco da normalidade. Esse "bairro" das 60 mil pessoas que tem acesso à informação é hoje uma nação dentro da nação, uma nação que chega primeiro, que troca entre si favores, que vive em português e dorme na almofada da escrita.

Um outro exemplo. Estamos administrando anti-retrovirais a cerca de 30 mil doentes com Sida. Esse número poderá, nos próximos anos, chegar aos 50 mil. Isso significa que cerca de 1 450 000 doentes ficam excluídos de tratamento. Trata-se de uma decisão com implicações éticas terríveis. Como e quem decide quem fica de fora? É aceitável, pergunto, que a vida de 1,5 milhão de cidadãos esteja nas mãos de um pequeno grupo técnico?

Sétimo sapato: a ideia de que para sermos modernos temos que imitar os outros

Todos os dias recebemos estranhas visitas em nossa casa. Entram por uma caixa mágica chamada televisão. Criam uma relação de virtual familiaridade. Aos poucos passamos a ser nós quem acredita estar vivendo fora, dançando nos braços de Janet Jackson. O que os vídeos e toda a subindústria televisiva nos vêm dizer não é apenas "comprem". Há todo um outro convite que é este: "sejam como nós". Este apelo à imitação cai como ouro sobre azul: a vergonha de sermos quem somos é um trampolim para vestirmos esta outra máscara.

O resultado é que a nossa produção cultural se está convertendo na reprodução macaqueada da cultura dos outros. O futuro da nossa música poderá ser uma espécie de *hip hop* tropical, o destino da nossa culinária poderá ser o McDonald's.

Falamos da erosão dos solos, da desflorestação, mas a erosão das nossas culturas é ainda mais preocupante. A secundarização das línguas moçambicanas (incluindo da língua portuguesa) e a ideia de que só temos identidade naquilo que é folclórico são modos de nos soprarem ao ouvido a seguinte mensagem: só somos modernos se formos americanos.

A nossa sociedade tem uma história similar à de um indivíduo. Ambos os percursos são marcados por rituais de transição: o nascimento, o fim da adolescência, o casamento, o fim da vida.

Olho a nossa sociedade urbana e pergunto-me: será que queremos realmente ser diferentes? Porque vejo que esses rituais de passagem se reproduzem como fotocópia fiel daquilo que sempre conheci na sociedade colonial. Estamos dançando a valsa, com vestidos compridos, num baile de finalistas que é decalcado daquele do meu tempo. Estamos copiando as cerimónias de final do curso a partir de modelos europeus da Inglaterra medieval. Casamo-nos de véus e grinaldas e atiramos para longe da avenida Julius Nyerere tudo aquilo que possa sugerir uma cerimónia mais enraizada na terra e na tradição moçambicana.

Meus senhores e minhas senhoras:

Falei da carga de que nos devemos desembaraçar para entrarmos a corpo inteiro na modernidade. Mas a modernidade não é uma porta apenas feita pelos outros. Nós somos também carpinteiros dessa construção e só nos interessa entrar numa modernidade de que sejamos também construtores.

A minha mensagem é simples: mais do que uma geração tecnicamente capaz, nós necessitamos de uma geração capaz de questionar a técnica. Uma juventude capaz de repensar o país e o mundo. Mais do que gente preparada para dar respostas, necessitamos de capacidade para fazer perguntas. Moçambique não precisa apenas de caminhar. Necessita de descobrir o seu próprio caminho num tempo enevoado e num mundo sem rumo. A bússola dos outros não serve, o mapa dos outros não ajuda. Necessitamos de inventar os nossos próprios pontos cardeais.

Interessa-nos um passado que não esteja carregado de preconceitos, interessa-nos um futuro que não nos venha desenhado como uma receita financeira.

A Universidade deve ser um centro de debate, uma fábrica de cidadania activa, uma forja de inquietações solidárias e de rebeldia construtiva. Não podemos treinar jovens profissionais de sucesso num oceano de miséria. A Universidade não pode aceitar ser reprodutora da injustiça e da desigualdade. Estamos lidando com jovens e com aquilo que deve ser um pensamento jovem, fértil e produtivo. Esse pensamento não se encomenda, não nasce sozinho. Nasce do debate, da pesquisa inovadora, da informação aberta e atenta ao que de melhor está surgindo em África e no mundo. A questão é esta: fala-se muito dos jovens. Fala-se pouco com os jovens. Ou melhor, fala-se com eles quando se convertem num problema. A juventude vive essa condição ambígua, dançando entre a visão romantizada (ela é a seiva da Nação) e uma condição maligna, um ninho de riscos e preocupações (a Sida, a droga, o desemprego).

Senhores e senhoras:

Não foi apenas a Zâmbia a ver na educação aquilo que o náufrago vê num barco salva-vidas. Nós também depositamos os nossos sonhos nessa conta. Numa sessão pública decorrida no ano passado em Maputo um já idoso nacionalista disse, com verdade e com coragem, o que já muitos de nós sabíamos. Confessou que ele mesmo e muitos dos que, nos anos 1960, fugiam para a Frelimo não eram apenas motivados pela dedicação a uma causa independentista. Arriscaram-se e saltaram a fronteira do medo para terem possibilidade de estudar. O fascínio pela educação como um passaporte para uma vida melhor estava presente num universo em que quase ninguém podia estudar. Essa restrição era comum a toda a África. Até 1940, o número de africanos que frequentavam escolas secundárias não chegava a 11 mil. Hoje, a situação melhorou e esse número foi multiplicado milhares e milhares de vezes. O continente investiu na criação de novas capacidades. E esse investimento produziu, sem dúvida, resultados importantes.

Aos poucos torna-se claro, porém, que mais quadros técnicos não resolvem, só por si, a miséria de uma nação. Se um país não possuir estratégias viradas para a produção de soluções profundas, então todo esse investimento não produzirá a desejada diferença. Se as capacidades de uma nação estiverem viradas para o enriquecimento rápido de uma pequena elite, então de pouco valerá haver mais quadros técnicos.

A escola é um meio para querermos o que não temos. A vida, depois, ensina-nos a termos aquilo que não queremos. Entre a escola e a vida resta-nos sermos verdadeiros e confessar aos mais jovens que nós também não sabemos e que, nós, professores e pais, também estamos à procura de respostas.

Com o novo governo ressurgiu o combate pela auto-estima. Isso é correcto e é oportuno. Temos de gostar de nós mesmos, temos de acreditar nas nossas capacidades. Mas esse apelo ao amor-próprio não pode ser fundado numa vaidade vazia, numa espécie de narcisismo fútil e sem fundamento. Alguns acreditam que vamos resgatar esse orgulho na visitação do passado. É verdade que é preciso sentir que temos raízes e que essas raízes nos honram. Mas a auto-estima não pode ser construída apenas de materiais do passado.

Na realidade, só existe um modo de nos valorizarmos: é pelo trabalho, pela obra que formos capazes de fazer. É preciso que saibamos aceitar esta condição sem complexos e sem vergonha: somos pobres. Ou melhor, fomos empobrecidos pela História. Mas nós fizemos parte dessa História, fomos também empobrecidos por nós próprios. A razão dos nossos actuais e futuros fracassos mora também dentro de nós. Mas a força para superarmos a nossa condição histórica também reside dentro de nós. Saberemos, como já soubemos antes, reconquistar a certeza de que somos produtores do nosso destino. Teremos mais e mais orgulho em sermos quem somos: moçambicanos construtores de um tempo e de um lugar onde nascemos todos os dias.

É por isso que vale a pena aceitarmos descalçar não só os sete, mas todos os sapatos que atrasam a nossa marcha colectiva. Porque a verdade é uma: antes vale andar descalço do que tropeçar com os sapatos dos outros.

Rios, cobras e camisas de dormir*

Quero dizer, antes de tudo, do prazer que é estar aqui partilhando um momento que tem como tecto duplo a noite e a Biologia. A noite sugere o lugar encantado dos contadores de histórias. Uma biologia nocturna sugere um saber mais feminino, sob uma luz lunar em contraste com uma certa arrogância de um outro conhecimento que se apresenta como fonte solar.

Os encontros designados *Biologia na noite* sugerem a possibilidade de recriar uma fogueira imaginária em redor da qual podemos fazer aquilo que creio ser tão necessário nos nossos dias. E que é reencantar o mundo. Uma constrangedora aridez foi-se instalando como nossa condição comum. A culpa não é evidentemente nossa. Mas nós herdámos uma ideia de ciência que vive de costas para a necessidade de trazer leveza e construir beleza. Alguma coisa que se

(*) Conferência no Ciclo *Biologia na noite*, Universidade de Aveiro, Aveiro, 2006.

pretenda científica deve-se apresentar de trajes cinzentos, solenes. Para merecer credenciais científicas as nossas acções precisam de ter uma seriedade quase ascética. As cerimónias de graduação das universidades em Portugal e Moçambique parecem rituais medievais, com professores e estudantes envergando assustadoras túnicas escuras que quase sugerem um culto satânico. A cidade de Aveiro só pode suscitar um sentimento oposto a estes cultos sombrios de glorificação do saber. A luminosidade da cidade é tão intensa que cria a ilusão de nos dissolvermos no espaço. E lembrei-me de uma pequena lição que aprendi este ano, numa pequena aldeia de Moçambique. Quando fui recebido pelos chefes tradicionais eles quiseram saber de mim, da minha viagem. "Cheguei há três dias", comecei por dizer. E logo o régulo me corrigiu: "Não, você só chegou agora, agora que estamos abrindo o coração do lugar". De outro modo, o que esse homem me dizia era que os lugares não são coisas. São entidades vivas, possuem um coração que está nas mãos daqueles que falam com as vozes do chão. Por isso eu agradeço às pessoas que me estão abrindo o coração de Aveiro. Sem eles eu não teria ainda chegado a este lugar.

Quando me convidaram para participar neste ciclo de conferências confesso que resisti. E fiz-lhes recordar os meus argumentos que eu já havia invocado quando me pediram para falar na sessão de abertura do Primeiro Encontro de Biólogos da CPLP, em setembro de 2004. É que realmente não se pode confiar em mim, não pertenço a esse respeitável círculo de colegas que fazem do pensamento científico a sua profissão de fé, a sua crença única e exclusiva. Sou um biólogo mas não moro, a tempo inteiro, na casa da ciência.

Já nessa altura, perante essa outra conferência, eu me desculpei dizendo: mais do que uma disciplina, a Biologia é para mim uma indisciplina científica, um modo de estar mais próximo das perguntas do que das respostas. Acredito na ciência, sim, mas apenas como um dos caminhos do saber. Existem outros caminhos e quero estar disponível para os percorrer. Uma parte da nossa formação científica confunde-se com a actividade de um polícia de fronteiras, revistando os pensamentos de contrabando que viajam na mala de outras sabedorias. Apenas passam os pensamentos de carimbada cientificidade.

A Biologia é um modo maravilhoso de emigrarmos de nós, de transitarmos para lógicas de outros seres, de nos descentrarmos. Aprendemos que não somos o centro da Vida nem o topo da evolução. Aprendemos que as bactérias são seres sofisticados que fizeram mais do que nós, espécie humana, pela existência da Terra como um organismo vivo. O dr. Amadeu Soares sabe lidar com seres complexos como as cianobactérias e, por isso, está, automaticamente, habilitado a lidar com escritores em apuros. O meu amigo Soares encontrou a resposta rápida para as minhas sucessivas hesitações: "Pois vens falar ao mesmo tempo como escritor e biólogo". Uma sugestão simbiótica: como se pode resistir?

Não gosto propriamente de falar. Prefiro conversar. Combinámos, assim, que eu não traria comigo uma comunicação académica. "Trazes uma notas soltas e eu até invento um título para a conferência" (este título *Mitos e pecados de uma indisciplina científica* é da autoria do Amadeu). Com este acordo viajei tranquilo pensando que as tais notas soltas surgiriam de forma simples. Não surgiram. Houve um momento em que me arrependi de não trazer uma comunicação mais formal. Rabisquei este breve texto e se pudesse rebaptizar o nosso encontro eu dar-lhe-ia este outro título: *Rios, cobras e camisas de dormir.*

Dentro de duas semanas lançarei em Portugal o meu último romance que se chama *O outro pé da sereia*. Nesse texto, refiro de passagem um povo do norte de Moçambique, os chamados achikundas, descendentes de escravos, que se especializaram na travessia do rio Zambeze. Esta gente dizia de si mesma ser "o povo do rio" e, ao fazer as suas juras e rezas, invocava o nome do rio. Ainda hoje há quem, naquela região, empenha a palavra dizendo: "juro pelo rio". E dizem "o Rio" sem que nunca lhes tivesse ocorrido dar um outro nome, pois era como se nenhum outro rio houvesse no mundo.

Faço um parêntese, tendo chegado à primeira baliza do título da minha intervenção. Acreditamos que todos sabemos o que é um rio. No entanto, essa definição é quase sempre redutora e falsa. Nenhum rio é apenas um curso de água, esgotável sob o prisma da hidrologia. Um rio é uma entidade vasta e múltipla. Compreende as margens, as áreas de inundação, as zonas de captação, a flora, a fauna, as relações ecológicas, os espíritos, as lendas, as histórias. É uma rede de entidades vivas, um assunto mais da Biologia que da Engenharia. Habituados a olhar as coisas como engenhos, esquecemos que estamos perante um organismo que nasce, respira e vive de trocas com a vizinhança.

Regresso aos nossos amigos Achikundas. Durante o final do século XIX, o vale do Zambeze foi alvo de frequentes ataques, e os sucessivos ocupantes queriam fazer uso das habilidades de navegadores dos tais achikundas. A dado passo, este povo começou a sentir-se inseguro e, sempre que sabia da chegada de estranhos, a primeira coisa que fazia era amarrar a canoa nas pedras do fundo das águas. Depois, quando eram abordados, os achikundas apresentavam-se do seguinte modo: "Nós não somos quem vocês esperam". Eles eram sempre outros, os do outro lado, da outra margem.

Pois eu também, de vez em quando, afundo a minha canoa e me apresento como o da outra margem. Quando estou em ambientes demasiado literários, puxo do meu chapéu de biólogo. Quando estou entre biólogos que se levam muito a sério, rapidamente puxo do chapéu de escritor.

Não é este o caso, estou num ambiente familiar e posso assumir a minha condição não dividida mas repartida, a exemplo do russo Anton Tchekhov, que dizia que entre medicina e literatura não havia um caso de traição, pois a esposa e a amante eram uma mesma e única pessoa.

Uma das perguntas que mais frequentemente me fazem é a seguinte: "Como concilia literatura e Biologia?". A pergunta é curiosa, mas mais curioso ainda é saber por que razão me fazem tanto essa pergunta. O que leva as pessoas a pensar que existe um problema de compatibilidade entre os dois fazeres?

Vou contar-vos um episódio estranho mas verídico que sucedeu recentemente em Moçambique, no distrito do Dondo, perto da minha cidade natal, a Beira. Este caso mereceu durante semanas o maior destaque na imprensa nacional. Sucedeu o seguinte: uma cobra, uma mamba preta, fez moradia no edifício da Administração. Um número não definido de mortes (que nunca se confirmaram) foi reportado. As vítimas não tinham sido mordidas. Morriam, diz-se, porque pisavam a sombra da serpente. Não deixa de ser interessante que alguém possa pisar a sombra de uma serpente. Mas o mais misterioso era que, todas as noites, a cobra entoava o hino nacional. Pelas janelas sem vidros do edifício se espalhavam os afinados acordes. Os residentes escutavam em perfilado respeito, e alguns faziam mesmo coro com a patriótica serpente. O pânico espalhou-se na vila e as autoridades convocaram os cientistas. Poucas vezes chamam os cientistas e aquela repentina subida de divisão era um momento vivido com exaltação. Foram desenhadas tácticas e estratégias: derrubou-se um morro de muchém e as árvores em redor da Administração, que se pensava serem o habitat do perigoso réptil. Durante dias, o jornal governamental deu conta das atribulações da caça à serpente. O sector privado foi chamado a financiar as operações de captura. Um colega meu esteve dois dias no chamado "centro dos acontecimentos", para fazer sessões de esclarecimento sobre a necessidade de proteger répteis em perigo de extinção.

Como sempre, acreditamos que a tecnologia nos salva de todos os embaraços e esse colega herpetólogo muniu-se de todos os apetrechos: câmara de vídeo, projector de diapositivos, indicador de raios laser. (Existe, meus amigos, uma espécie de loja do Coronel Tapioca montada para os cientistas que trabalham nos trópicos.) Quando terminou a campanha de sensibilização, as autoridades locais agradeceram do seguinte modo: "Gostámos muito do que nos mostrou; só é pena que não tenha falado desta cobra". "Como não falei?", reagiu ele. "Então não falei da mamba negra?" E os camponeses responderam: "Falou sim, mas não é esta". Desesperado, o biólogo só queria uma derradeira confirmação: "Digam-me só uma coisa: isso que tem aparecido aqui é realmente uma cobra?". E a resposta final foi: "Quase é, doutor. Quase é".

Shakespeare proclamou a existencial dúvida do "ser ou não ser" porque, certamente, não estava avisado desta categoria do "quase ser". Nem eu sabia dessa possibilidade. Pois se soubesse, quando me perguntassem se me considero mais um escritor ou um bió-

logo eu responderia: "Quase considero, quase considero".
A verdade é que para mim não existe conflito. Pelo contrário, hoje não sei como poderia ser escritor caso eu não fosse biólogo. E vice-versa. Nenhuma das actividades me basta. O que me alimenta é o diálogo, a intersecção entre os dois saberes. O que me dá prazer é percorrer como um equilibrista essa linha de fronteira entre pensamento e sensibilidade, entre inteligência e intuição, entre poesia e saber científico.

Um poeta chamado Zhu Xi escreveu o seguinte há cerca de 1200 anos: "No topo das altas montanhas vejo conchas que me dizem que antigos lugares de baixa altitude se elevaram para os céus e moram agora nos mais elevados picos. Estas conchas dizem-me também que materiais vivos de animais se converteram nas mais duras e inertes rochas".

Estas palavras foram durante séculos lidas como se fossem versos. Mas Zhu Xi não era apenas um poeta: era um cientista, aquilo que, até há pouco, se chamava um naturalista. As suas palavras referiam claramente o processo de fossilização. O chinês falava de animais que se haviam extinguido num mundo em que montanhas e mares continuamente se deslocavam. A sua dedução parece simples. Mas a ciência nem sempre se fez por métodos muito científicos. E foram precisos mais de mil anos depois da sua morte para que a ciência aceitasse a existência e o significado dos fósseis como testemunho da dinâmica da Vida. Preconceitos ideológicos e religiosos impediam de olhar a Terra e a Vida como estando em constante mudança. A ideia de que espécies tivessem falhado e extinções maciças tivessem ocorrido chocava com a noção de uma obra perfeita e acabada do Criador.

Nos finais de 1700, barcos que regressavam da América do Norte trouxeram ossadas de um animal gigantesco. Sugeriu-se que esses restos provinham de um elefante. Mas era pouco provável que esses mamíferos tropicais ocorressem naquelas regiões geladas. Havia os ossos, não havia o animal. Os nossos colegas da época designaram o estranho bicho de INCÓGNITO. Por um tempo, mantiveram a esperança de que algum explorador avistasse o monstro. Mas isso nunca aconteceu. Até que Georges Cuvier — um anatomista e paleontologista francês — sugeriu que o tal INCÓGNITO seria um animal extinto que ele designou por mastodonte. Teriam, afinal, existido cataclismos que conduziram ao desaparecimento de espécies vivas.

É importante dizer que as conclusões de Cuvier só foram aceites porque ele as apresentou como consistentes com as teses bíblicas das pragas e das cheias. Durante séculos, o desejo do conhecimento tinha sido cerceado pela ameaça da punição. Sucessivos mitos como o de Prometeu, o de Pandora, o de Adão e Eva (castigados por comer o fruto da árvore do conhecimento), actuaram como travões para a curiosidade que está na base do conhecimento. Quando Cuvier apontou as ossadas fósseis como prova de um animal extinto, esse clima de censura já estava mais aliviado. Eram tolerados os conhecimentos que nos aproximassem de Deus. Mas não eram apenas os pecados de pensamento que se procurava prevenir. A vida privada estava sujeita, mesmo no Renascimento, a pesadas interdições. Durante todo esse tempo, os casais estavam proibidos de dormirem nus. As camisas de dormir que ainda hoje conhecemos não são apenas uma peça de vestuário. São também uma herança das cruzadas puritanas contra os pecados do corpo e da paixão.

As ciências sempre foram policiadas e manipuladas pelos poderes. Hoje não vivemos uma situação de excepção. Esses poderes não têm um rosto definido. Um deles chama-se mercado. Cabe-nos a nós interrogarmo-nos se não nos estamos convertendo em funcionários desse gigantesco laboratório sem nome.

É verdade que já não nos impõem restrições de uma forma clara. Mas existem preconceitos que subjazem ao nosso trabalho científico. A ciência e a literatura podem pôr em causa as ideias arrumadas que apresentam a Terra, a Vida e o Ambiente como entidades feitas, exteriores ao Homem. Tanto a Terra como a Vida são produções contínuas, são redes de interacções feitas de inacabados processos, de irresolúveis desequilíbrios.

O Meio Ambiente foi hoje convertido numa bandeira, numa entidade mistificada. Eu sou biólogo e preocupo-me evidentemente com as causas ambientalistas. Não é isso que está em jogo. O que está em causa é podermos questionar a noção de Ambiente. Não podemos deixar que as noções sejam construídas como conceitos de moda, uma espécie de *fait-divers* do jornalismo de ocasião.

Na realidade, não existe ambiente como uma entidade única, fixa e exterior à sociedade humana. O ambiente é múltiplo e com significados contextuais diversos — os incêndios florestais em Portugal têm implicações bem diversas dos fogos da savana. O ambiente (que deve ser dito no plural) tem dinâmicas de mudança cuja complexidade nós nem sempre entendemos. Este céu límpido e azul de que hoje desfrutamos já foi naturalmente espesso e castanho. Este azul celestial que associamos à pureza foi resultado de uma das maiores catástrofes ecológicas que atingiu a Terra. O oxigénio que hoje nos sugere um ar puro e respirável surgiu como um dos mais mortíferos poluentes da história do nosso Planeta. Se houvesse, na altura, um Ministério do Ambiente e normas ambientais da União Europeia correríamos o risco de viver sob um céu de metano, terroso e triste. O chamado Meio Ambiente é uma co-produção de cuja equipa produtora fazemos parte.

Não é tanto de "defesa" que o ambiente necessita. Precisa, primeiro, de um melhor entendimento. Depois, precisa de uma produção menos centrada nos interesses de lucro de uma pequena elite que fala em nome do mundo.

Um dos princípios que nos guiam estabelece que as ciências se ocupam de verdades e não de beleza. Essa parede divisória foi muitas vezes violada. Quem ergueu esta parede divisória não saberá da aptidão para ser feliz. Em rigor, não existem "coisas" belas. Para ser bela, a "coisa" deixa de ser coisa. Passa a ser entidade viva, passa a ser parte da Vida. Porque ela só é bela enquanto produtora de sentimento de beleza. Só é bela enquanto nos fala e nos conduz secretamente para reavivar uma relação de parentesco com o Universo.

Watson e Crick, quando imaginavam a arquitectura do ADN, foram guiados também por princípios estéticos. Como se uma voz lhes murmurasse: "A dupla hélice está certa porque é bonita". Sei que estou simplificando. Mas as moléculas sabem mais de poesia do que nós podemos imaginar. E as conchas fósseis que há 1200 anos comoveram o chinês Zhu Xi eram ciência escrita em versos. O poeta apenas reconheceu o casamento entre beleza e verdade.

Afinal, a ciência e a arte são como margens de um mesmo rio. A Biologia não é diurna nem nocturna se não se assumir como autora de uma espantosa narração que é o relato da Evolução da Vida. Podem ter a certeza de que a História da Evolução é tão extraordinária que só pode ser escrita juntando o rigor da ciência ao fulgor da arte.

A fechar, quero dizer o seguinte: poesia e ciência são entidades que não se podem confundir, mas podem e devem deitar-se na mesma cama. E quando o fizerem espero bem que dispam as velhas camisas de dormir.

Sonhar em casa*

Eu venho de muito longe e trago aquilo que acredito ser uma mensagem partilhada pelos meus colegas escritores de Angola, Moçambique, Cabo Verde, Guiné-Bissau e São Tomé e Príncipe. A mensagem é a seguinte: Jorge Amado não foi apenas o mais lido dos escritores estrangeiros. Ele foi o escritor que maior influência teve na génese da literatura dos países africanos que falam português.

A nossa dívida literária para com o Brasil começa há séculos atrás, quando Gregório de Matos e Tomaz Gonzaga ajudaram a criar os primeiros núcleos literários em Angola e Moçambique. Mas esses níveis de influência foram restritos e não se podem comparar com as marcas profundas e duradouras deixadas pelo autor baiano.

Deve ser dito (como uma confissão à margem) que Jorge Amado fez pela projecção da nação brasileira

(*) Alocução no relançamento dos livros de Jorge Amado, São Paulo, Brasil, 2008.

mais do que todas as instituições diplomáticas juntas. Não se trata de ajuizar o trabalho dessas instituições, mas apenas de reconhecer o imenso poder da literatura. Nesta sala estão outros que igualmente engrandeceram o Brasil e criaram pontes com o resto do mundo. Falo, é claro, de Chico Buarque e Caetano Veloso. Para Chico e Caetano, vai a imensa gratidão dos nossos países que encontraram luz e inspiração na vossa música, na vossa poesia. Para Alberto Costa e Silva vai o nosso agradecimento pelo empenho sério no estudo da realidade histórica do nosso continente.

Nas décadas de 1950, 1960 e 1970, os livros de Jorge cruzaram o Atlântico e causaram um impacto extraordinário no nosso imaginário colectivo.

É preciso dizer que o escritor baiano não viajava sozinho: com ele chegavam Manuel Bandeira, Lins do Rego, Jorge de Lima, Erico Verissimo, Rachel de Queiroz, Drummond de Andrade, João Cabral de Melo Neto e tantos, tantos outros.

Em minha casa, meu pai — que era e é poeta — deu o nome de Jorge a um filho e de Amado a um outro. Apenas eu escapei dessa nomeação referencial. Recordo-me de que, na minha família, a paixão brasileira se repartia entre Graciliano Ramos e Jorge Amado. Mas não havia disputa: Graciliano revelava o osso e a pedra da nação brasileira. Amado exaltava a carne e a festa desse mesmo Brasil.

Neste breve depoimento eu gostaria de viajar em redor da seguinte interrogação: Porquê este absoluto fascínio por Jorge Amado, porquê esta adesão imediata e duradoura?

É sobre algumas dessas razões do amor por Amado que eu gostaria de falar aqui.

É evidente que a primeira razão é literária, e reside inteiramente na qualidade do texto do escritor baiano.

Eu tenho para mim que o maior inimigo do escritor pode ser a própria literatura. Pior que não escrever um livro, é escrevê-lo demasiadamente. Jorge Amado soube tratar a literatura na dose certa, e soube permanecer, para além do texto, um exímio contador de histórias e um notável criador de personagens. Recordo o espanto de Adélia Prado, que, após a edição dos seus primeiros versos, confessou: "Eu fiz um livro e, meu Deus, não perdi a poesia...". Também Jorge escreveu sem deixar nunca de ser um poeta do romance. Este era um dos segredos do seu fascínio: a sua artificiosa naturalidade, a sua elaborada espontaneidade.

Hoje, ao reler os seus livros, ressalta esse tom de conversa íntima, uma conversa à sombra de uma varanda que começa em Salvador da Baía e se estende para além do Atlântico. Nesse narrar fluido e espreguiçado, Jorge vai desfiando prosa e as suas personagens saltam da página para a nossa vida quotidiana.

O escritor Gabriel Mariano, de Cabo Verde, escreveu o seguinte: "Para mim a descoberta de Amado foi um alumbramento porque eu lia os seus livros e estava a ver a minha terra. E quando encontrei o Quincas Berro d'Água eu estava a vê-lo na ilha de São Vicente, na minha rua de Passá Sabe…".

Esta familiaridade existencial foi, certamente, um dos motivos do fascínio nos nossos países. As suas personagens eram vizinhas não de um lugar, mas da nossa própria vida. Gente pobre, gente com os nossos nomes, gente com as nossas raças passeavam pelas páginas do autor brasileiro. Ali estavam os nossos malandros, ali estavam os terreiros onde falamos com os deuses, ali estava o cheiro da nossa comida, ali estava a sensualidade e o perfume das nossas mulheres. No fundo, Jorge Amado nos fazia regressar a nós mesmos.

Em Angola, o poeta Mário António e o cantor Ruy Mingas compuseram uma canção que dizia:

Quando li Jubiabá
me acreditei Antônio Balduíno.
Meu Primo, que nunca o leu
ficou Zeca Camarão.

E era esse o sentimento: Antônio Balduíno já morava em Maputo e em Luanda antes de viver como personagem literária. O mesmo sucedia com Vadinho, com Guma, com Pedro Bala, com Tieta, com Dona Flor e Gabriela e com tantas outras personagens fantásticas.

Jorge não escrevia livros, ele escrevia um país. E não era apenas um autor que nos chegava. Era um Brasil todo inteiro que regressava a África. Havia pois uma outra nação que era longínqua mas não nos era exterior. E nós precisávamos desse Brasil como quem carece de um sonho que nunca antes soubéramos ter. Podia ser um Brasil tipificado e mistificado mas era um espaço mágico onde nos renascíamos criadores de histórias e produtores de felicidade.

Descobríamos essa nação num momento histórico em que nos faltava ser nação. O Brasil — tão cheio de África, tão cheio da nossa língua e da nossa religiosidade — nos entregava essa margem que nos faltava para sermos rio.

Falei de razões literárias e de outras quase ontológicas que ajudam a explicar porque Jorge é tão Amado nos países africanos. Mas existem outros motivos, talvez mais circunstanciais.

Nós vivíamos sob um regime de ditadura colonial. As obras de Jorge Amado eram objecto de interdição. Livrarias foram fechadas e editores foram perseguidos por divulgarem essas obras. O encontro com o nosso irmão brasileiro surgia, pois, com o épico sabor da afronta e da clandestinidade. A circunstância de partilharmos os mesmos subterrâneos da liberdade também contribuiu para a mística da escrita e do escritor. O angolano Luandino Vieira, que foi condenado a catorze anos de prisão no Campo de Concentração do Tarrafal, em 1964 fez passar para além das grades uma carta em que pedia o seguinte: "Enviem o meu manuscrito ao Jorge Amado para ver se ele consegue publicar lá, no Brasil".

Na realidade, os poetas nacionalistas moçambicanos e angolanos ergueram Amado como uma bandeira. Há um poema da nossa Noémia de Sousa que se chama "Poema de João", escrito em 1949, e que começa assim:

*João era jovem como nós
João tinha os olhos despertos,
As mãos estendidas para a frente,
A cabeça projectada para amanhã,
João amava os livros que tinham alma e carne
João amava a poesia de Jorge Amado.*

E há, ainda, uma outra razão que poderíamos chamar de linguística. No outro lado do mundo se revelava a possibilidade de um outro lado da nossa língua.

Na altura, nós carecíamos de um português sem Portugal, de um idioma que, sendo do Outro, nos ajudasse a encontrar uma identidade própria. Até se dar o encontro com o português brasileiro, nós falávamos uma língua que não nos falava. E ter uma língua assim, apenas por metade, é um outro modo de viver calado. Jorge Amado e os brasileiros nos devolviam a fala, num outro português, mais açucarado, mais dançável, mais a jeito de ser nosso.

O poeta maior de Moçambique, José Craveirinha, disse o seguinte numa entrevista: "Eu devia ter nascido no Brasil. Porque o Brasil teve uma influência tão grande que, em menino, eu cheguei a jogar futebol com o Fausto, o Leônidas da Silva, o Pelé. Mas nós éramos obrigados a passar por João de Deus, um D. Dinis, pelos clássicos de Portugal. Numa dada altura, porém, nós nos libertámos com a ajuda dos brasileiros. E toda a nossa literatura passou a ser um reflexo da Literatura Brasileira. Quando chegou o Jorge Amado, nós tínhamos chegado a nossa própria casa".

Craveirinha falava dessa grande dádiva que é podermos sonhar em casa. Foi isso que Jorge Amado nos deu. E foi isso que fez Amado ser nosso, africano, e nos fez, a nós, sermos brasileiros. Por ter convertido o Brasil numa casa feita para sonhar, por ter convertido a sua vida em infinitas vidas, nós te agradecemos, companheiro Jorge.

O incendiador de caminhos*

Uma das intervenções a que sou chamado a participar em Moçambique destina-se a combater as chamadas "queimadas descontroladas". Este combate parece ter todo o fundamento: trata-se de proteger ecossistemas e de conservar espaços úteis e produtivos.
Contudo, eu receio que seja mais uma das ingratas batalhas sem hipótese de sucesso imediato. Na realidade, nós não entendemos a complexa ecologia do fogo na savana africana. Não entendemos as razões que são anteriores ao fogo. De qualquer modo, não param de me pedir para que fale com os camponeses sobre os malefícios dos incêndios rurais. Devo confessar que nunca fui capaz de cumprir essa incumbência.
Na realidade, o que tenho feito é tentar descortinar algumas das razões que levam os camponeses a converter os capinzais em chamas. Sabe-se que a agricul-

(*) Congresso literário *Literatura de viagem*, na mesa "Porque viajamos quando poderíamos ficar parados", Matosinhos, abril de 2006.

tura de corte e queimada é uma das principais razões para estas práticas incendiárias. Mas fala-se pouco de um outro culpado que é uma personagem a que chamarei de "homem visitador". É sobre este "homem visitador" que irei falar neste breve depoimento.

Na família rural de Moçambique, a divisão de tarefas sugere uma sociedade que faz pesar sobre a mulher a maior parte do trabalho. Os que adoram quantificar as relações sociais publicaram já gráficos e tabelas que demonstram profusamente que, enquanto o homem repousa, a mulher se ocupa o dia inteiro. Mas esse mesmo camponês faz outras coisas que escapam aos contabilistas sociais. Entre as ocupações invisíveis do homem rural sobressai a visitação. Esta actividade é central nas sociedades rurais de Moçambique.

O homem passa meses do ano prestando visitas aos vizinhos e familiares distantes. As visitas parecem não ter um propósito prático e definido. Quando se pergunta a um desses visitantes qual a finalidade da sua viagem ele responde: "Só venho visitar". Na realidade, prestar visitas é uma forma de prevenir conflitos e construir laços de harmonia que são vitais numa sociedade dispersa e sem mecanismos estatais que garantam estabilidade.

Os visitadores gastam a maior parte do tempo em rituais de boas-vindas e de despedida. Abrir as portas de um sítio requer entendimentos com os antepassados que são os únicos verdadeiros "donos" de cada um dos lugares. Pois os homens visitadores percorrem a pé distâncias inacreditáveis. À medida que progridem, vão ateando fogo ao capim. A não ser que seja em pleno Inverno, esse capim arde pouco. O fogo espalha-se e desfalece pelas imediações do atalho que os viajantes vão percorrendo. Esse incêndio tem serviços e vantagens diversas que se manifestam claramente no regresso: define um mapa de referência, afasta as cobras e os perigos de emboscadas, facilita o piso e torna o retorno mais fácil e seguro.

Sendo um intruso nesta lógica, jamais aceitei a militância que me incumbiram no combate às queimadas: nunca fui capaz de dissuadir um desses incendiadores de caminhos. É bem verdade que não me move suficiente convicção. Mesmo que tivesse fortes crenças, nunca conseguiria desconvencer um desses camponeses. Porque eles são movidos por razões que não serão apenas práticas. Sobre essas razões falaremos mais adiante.

A pergunta que dá pretexto a este encontro é simples: O que nos leva à errância quando bem podíamos ficar quietos? Essa pergunta suscita outras perguntas. Algumas delas são próximas da minha área de saber: Está o desejo da viagem inscrito nos nossos genes? Faz parte da nossa natureza?

Acredito que a essência do Homem é não ter essência. Por isso, quando nos interrogamos sobre o gosto de deambular, as respostas devem ser encontradas na nossa história. É nesse terreno que entenderemos a origem e o percurso desse gosto. Nesse terreno entenderemos o nosso tão antigo apetite pela viagem.

A nossa espécie foi nómada durante centenas de milhares de anos. Se aceitarmos que nascemos como subespécie há 250 mil anos, temos 12 mil anos de sedentarização para 240 mil de nomadismo. Quase 90% do nosso tempo fomos caçadores, deambulando pelas savanas de África.

Durante toda a infância e adolescência da nossa espécie, a nossa primordial vocação foi a caça. Daí a necessidade intrínseca e constante de partir, vascular, converter o espaço em território de colecta e de perseguição da presa. A ligação ao lugar sempre foi provisória, efémera, durando enquanto duravam as estações e a abundância. Nós não sabíamos tomar posse. E não sabíamos tomar posse da terra com receio, talvez, de sermos possuídos pela terra. Sobrevivemos porque fomos eternos errantes, caçadores de acasos, visitantes de lugares que estavam ainda por nascer.

A caça não se resume ao acto de emboscada e captura. Implica ler sinais da paisagem, escutar silêncios, dominar linguagens e partilhar códigos. Implica aprender brincando como fazem os felinos, implica ganhar o gosto e o medo pelo susto, implica o domínio da arte da surpresa e do jogo do faz-de-conta. Nós produzimos a caça mas foi, sobretudo, a caça que nos fabricou como espécie criativa e imaginativa. Durante milénios, apurámos uma cultura de exploração do ambiente, uma relação inquisitiva com o espaço. Durante milénios, a nossa casa foi um mundo sem moradia.

É por isso que é estranho nos perguntarmos hoje sobre o gosto de vaguear. O tema do nosso encontro deveria, de facto, ser invertido. E a pergunta seria: Por que temos gosto em ficar parados em vez de deambularmos constantemente? Ficar é a excepção. Partir é a regra. O *Homo sapiens* sobreviveu porque nunca parou de viajar. Dispersou-se pelo planeta, inscreveu a sua pegada depois do último horizonte. Mesmo quando ficava, ele estava partindo para lugares que descobria dentro de si mesmo.

Quando nasceu a agricultura, ganhámos o sentido do lugar. A partir de então, fomos dando nomes aos sítios, adocicámos o chão. Entre a paisagem e a humanidade criaram-se laços de parentesco. A terra divinizou-se, tornou-se mãe. Pela primeira vez dispúnhamos de raiz, morávamos numa estação perene. O chão já não oferecia apenas um leito. Era um ventre. E pedia um casamento duradouro.

Paradoxalmente, o sedentarismo inaugurava a ideia de exílio. Viajar passou a ser um apetite que necessitava de ser cerceado. Semear era preciso. As terras passaram a ser objecto de posse. A ideia de fronteira inscreveu-se como silenciosa lei. Mais além, começavam os domínios dos outros. O mundo passou a ter um "dentro" e um "fora", um "cá" e um "lá". E a viagem passou a comportar riscos acrescidos. Cresceu o medo de não mais voltar. A primeira epopeia da literatura — a história de Ulisses — é a narrativa de um regresso. A exaltação do retorno sublimava o receio da partida.

É possível que tenha sido assim. Não se pode saber ao certo. Talvez esta distinção de tempos seja demasiado construída, demasiado literária. Possivelmente as coisas foram mais complexas, mais misturadas. Somos todos mestiços de caçadores, colectores e semeadores.

O que importa é que a relação com a viagem nunca foi uma relação objectiva, fria, isenta de fantasia. Mesmo os antigos caçadores, esses que viviam em viagem, mesmo esses cumpriam rituais para se afeiçoarem ao desconhecido. Antes de chegarem ao destino faziam deslocar a sua imaginação colectiva. Do mesmo modo que pintavam nas grutas os animais que iam caçar, eles fantasiavam os lugares distantes, vestiam-nos de crenças, convertiam-nos em narrativas. Afinal, mesmo nas grutas, sempre tivemos agências de viagem para domesticar o inesperado e espicaçar a aventura.

E foi assim: o mais remoto deserto, a mais impenetrável floresta foram sendo povoados com os nossos fantasmas. E hoje todos os lugares começam por ser nomes, lendas, mitos, narrativas. Não existe geografia que nos seja exterior. Os lugares — por mais que nos sejam desconhecidos — já nos chegam vestidos com as nossas projecções imaginárias. O mundo já não vive fora de um mapa, não vive fora da nossa cartografia interior.

Regresso ao homem visitador, a esse incendiário das pradarias moçambicanas, para reconhecer melhor as suas razões ocultas. Nunca nenhum deles me deu ouvidos e eu quase me orgulho desse meu total falhanço. O nosso incendiador de caminhos deve ser visto num universo onde a estrada é um luxo e o transporte uma raridade.

Esta é a realidade da savana que sou obrigado a percorrer na minha profissão de biólogo. E confesso-vos que me vem um arrepio profundo quando à minha frente deixa de haver — mesmo que esbatido — o desenho de um atalho. O amor pela errância parece chocar com a ausência de estrada. Face a um mundo sem pegada, uma estranha fragilidade me assalta, como se houvesse uma ofensa religiosa, o desrespeitar de uma lei que é anterior aos homens. Também a mim, nessa circunstância, me apetece acender um fio de chamas para humanizar a lonjura.

Para além da simplicidade prática do fenómeno, a verdade é que o incendiador de caminhos é um cartógrafo e está desenhando na paisagem a marca da sua presença. Escreve com fogo essa narrativa que é o seu itinerário. Não porque tenha medo de se perder. Mas porque ele quer que a geografia venha beber na sua mão. Eis o que o incendiador de caminhos diz: "Eu sou dono do fogo. O meu gesto faz e desfaz paisagens. Não existe horizonte onde me possa perder. Porque eu sou um criador de caminhos. Eu sou o dono do fogo e sou o dono deste mundo que faço arder. O meu reino são fumos e cinzas. Nesse instante em que as chamas tudo consomem, apenas nesse breve instante, eu sou divino".

Somos, afinal, parecidos com este visitador. A diferença é que, no nosso caso, não é paisagem mas somos nós mesmos que ardemos. Consumimo-nos nesse momento em que, mesmo parados, partimos à procura do que não podemos ser. Estamos recriando o mundo, refazendo-o a jeito de um livro da nossa infância. Estamos brincando com o destino como o gato que faz de conta que o novelo é um rato.

No início, viajámos porque líamos e escutávamos, deambulando em barcos de papel, em asas feitas de antigas vozes. Hoje viajamos para sermos escritos, para sermos palavras de um texto maior que é a nossa própria Vida.

O planeta das peúgas rotas*

Nestes últimos dias fui brigando com o tempo para alinhavar esta intervenção, até que um colega me surpreendeu nessas dificuldades e sugeriu o seguinte: "Tu já fizeste uma comunicação chamada 'Os sete sapatos sujos'. Por que não escreves agora uma outra chamada 'As sete peúgas rotas'?".
Aquilo não seria mais do que um gracejo passageiro, mas quando cheguei a casa abri uma revista e deparei com uma foto extraordinária do presidente do Banco Mundial, Paul Wolfowitz. O homem está sem sapatos à entrada de uma mesquita na Turquia e saltam à vista os dedos dos pés espreitando para fora das meias furadas. A fotografia deu volta ao mundo e, quem sabe, tratando-se de quem se trata, o flagrado costume seja amanhã uma espécie de uniforme obrigatório para os banqueiros e bancários do planeta.
De qualquer modo, entre a piada do meu colega e a fotografia da revista havia uma invulgar coincidên-

(*) Intervenção no *Encontro sobre Pessoa Humana*, abertura de Conferência no Millenium BIM, Maputo, 2008.

cia e acabei chamando a este texto "O planeta das peúgas rotas". A revista que reproduzia as fotos pretendia explorar o lado caricato da situação de Wolfowitz. Para mim, porém, aquele flagrante apenas tornava um dos homens mais poderosos do mundo numa criatura mais próxima, mais humana.

Quer dizer, o sapato pode ser muito diferente. Mas o dedo gordo que espreita da peúga do banqueiro é muito parecido com o dedo do mais pobre dos moçambicanos. Tal como qualquer um de nós, o presidente do Banco Mundial esconde mazelas debaixo da sua composta aparência.

Disseram-me que o tema desta palestra era livre, mas sugeriram, ao mesmo tempo, que eu falasse da Pessoa Humana. As peúgas descosidas podem, de repente, revelar-nos mais humanos e tornar-nos mais parecidos e mais parecidos com quem aparenta ser distante.

E começarei por contar um episódio que nunca contei em público e cuja revelação neste espaço me pode custar muito caro. Quem sabe se, depois de partilhar este segredo, acabarei por ver anuladas as minhas contas e me converterei eternamente numa *persona non grata* para as finanças nacionais?

Aconteceu logo a seguir à Independência. Eu estava em véspera de viagem para o exterior e, na altura, não havia as facilidades de que hoje usufruímos. O mais de que o viajante poderia dispor era do chamado *traveller's check*. Para se emitir um *traveller's check* era uma batalha complicadíssima, era quase necessário que o pedido fosse conduzido ao presidente da República. Eu ia viajar por imperiosas razões de saúde e faltavam escassas duas horas para o embarque de avião e ainda eu estava no balcão do banco numa desesperada tentativa de recolher os meus pobres cheques. No momento, um funcionário vagaroso me disse algo trágico: que os cheques, afinal, precisavam de duas assinaturas, a minha e a da minha esposa. Ora, a minha mulher estava no serviço e não havia tempo para lhe levar os papéis. A única solução chegou-me no auge do desespero. Eu tinha que mentir. Disse ao funcionário que a minha esposa estava na viatura e que, em menos de um minuto, lhe traria os papéis já devidamente assinados.

Trouxe os documentos para fora do edifício e, à pressa, falsifiquei a assinatura da minha companheira. Fiz aquilo sob pressão dos nervos e sem ter à minha frente um modelo para copiar. A rubrica ficou péssima, era uma cópia ranhosa, detectável a milhas de distância. Regressei correndo, entreguei a papelada e fiquei à espera. O homem entrou para um gabinete, demorou um pouco e, depois, voltou com ar grave para me dizer: "Desculpe, há uma assinatura que não confere". Eu já esperava aquilo mas, ainda assim, desmoronei, sob o peso da vergonha. "O melhor", pensei, "é falar a verdade." E já tinha começado a falar, "É que, camarada, a minha esposa...", quando o funcionário me interrompeu para dizer esta coisa espantosa: "A assinatura da sua esposa está certa, a sua assinatura é que não confere!".

Como podem imaginar fiquei sem palavra e passei os minutos seguintes ensaiando a minha própria assinatura ante o olhar desconfiado do funcionário. Quanto mais tentava menos era capaz de imitar a minha própria letra. Nesses longos minutos eu pensei: "Vou ser preso não por ter forjado a assinatura de uma outra pessoa. Vou ser preso por forjar a minha própria e autêntica rubrica".

Conto esta história porque o tema que me sugeriram para falar é sobre a pessoa humana. Nessa altura, perante os malfadados *traveller's checks*, eu senti essa experiência curiosa de alguém que é surpreendido em flagrante delito por ser ela própria.

A verdade é que nós somos sempre não uma mas várias pessoas e deveria ser norma que a nossa assinatura acabasse sempre por não conferir. Todos nós convivemos com diversos eus, diversas pessoas reclamando a nossa identidade. O segredo é permitir que as escolhas que a vida nos impõe não nos obriguem a matar a nossa diversidade interior. O melhor nesta vida é poder escolher, mas o mais triste é ter mesmo que escolher.

Caros amigos:

As palavras moram tão dentro de nós que esquecemos que elas têm uma história. Vale a pena interrogar a palavra "pessoa" e é isso que farei, de modo simples e sumário. A palavra "pessoa" vem do latim *persona*. Esse termo tem a ver com máscara, tem a ver com Teatro. *Persona* era o espaço que ficava entre a máscara e o rosto, o espaço onde a voz ganhava sonoridade e eco. Na sua origem, a palavra "pessoa" referia um vazio que era preenchido por um fingimento, o fingimento do actor que, tal como eu perante o *traveller's check*, representava uma outra personagem. Veremos que não estamos longe dessa origem, em que nos escondemos por trás de uma máscara na encenação dessa narrativa a que chamamos "a nossa vida".

Nas línguas do sul de África, a palavra "pessoa" é uma categoria particularmente interessante. Um linguista alemão notou no século XIX que muitas línguas africanas do Sul do Sahara diziam "pessoa" usando basicamente a mesma palavra: *muntu*, no singular, e *bantu*, no plural. Ele chamou a esses idiomas de "línguas bantus" e, por extensão, os próprios povos passaram a ser designados de "povos bantus". O que é estranho porque, à letra, se estaria dizendo que existe um conjunto de povos ao qual se chama os "povos pessoas". Recordo-me de um tocador de mbira, um camaronês chamado Francis Bebey que encontrei na Dinamarca. Perguntei-lhe se tocava música bantu e ele riu-se de mim e disse: "Meu amigo, os chineses são tão bantus como nós, os africanos".

De qualquer modo, a ideia de pessoa em África tem origem diferente, e percorreu caminhos diversos da concepção europeia que hoje se globalizou. Na filosofia africana cada um é porque é os outros. Ou dito de outro modo: eu sou todos os outros. Chega-se a essa identidade colectiva por via da família.

Nós somos como uma escultura maconde[1] uja-ama,[2] somos um ramo dessa grande árvore que nos dá corpo e nos dá sombra. Distintamente daquilo que é hoje dominante na Europa, nós olhamos a sociedade moderna como uma teia de relações familiares alargadas. Como veremos, esta visão tem dois lados: um lado positivo que nos torna abertos e nos conduz àquilo que é universal; e um outro lado, paroquial e provinciano, que nos aprisiona na dimensão da nossa pequena aldeia. A ideia de um mundo em que todos somos parentes é muito poética mas pode ser pouco funcional.

Todos conhecemos o discurso do moçambicano comum: o governo é o nosso pai, nós somos filhos dos poderosos. Esta visão familiar do mundo pode ser perigosa, pois convida à aceitação de uma ordem social como se ela fosse natural e imutável. A modernidade está soprando nos nossos ouvidos algo muito diverso que obriga a um rasgão dentro de nós. Ao contrário dos pais, que não se escolhem, os dirigentes escolhem-se. A empresa e a instituição não são um grupo de primos, tios e cunhados. A sua lógica de funcionamento é impessoal e obedece a critérios de eficiência e rendibilidade que não se compadecem com compadrios de parentesco. Podemos usar sapa-

[1] Povo do norte de Moçambique.
[2] "Família alargada." Por extensão, denomina um tipo de escultura em que figuras várias se aglomeram de forma entrelaçada simbolizando a unidade familiar.

tos com ou sem meias furadas. Difícil é vestir as peúgas depois de calçar os sapatos.

Temos de nos pensar num mundo em rápidas transformações. A velocidade de mudanças na sociedade moderna faz com que certas profissões se tornem rapidamente obsoletas. No Brasil, por exemplo, a computorização do sector bancário reduziu 40% dos empregos nos últimos sete anos. Isso implica mudanças dramáticas com impactos sociais graves. Estamos na crista da onda de mudanças que não são apenas tecnológicas. Os telemóveis são um exemplo de alguma coisa que deixou de ser apenas uma coisa, um simples objecto utilitário. Os telemóveis passaram a fazer parte de nós, tanto que, se nos esquecemos deles, ficamos vazios, desarmados, como se tivéssemos deixado em casa um braço que não sabíamos que tínhamos.

Esta subtil ocupação vai para além das nossas vidas privadas. O crime organizado, por exemplo, passou a ser comandado a partir das prisões. As notícias que se seguiram depois do julgamento do caso do assassínio de Carlos Cardoso mostraram-nos o que outros já sabiam: prisioneiro não é o que está dentro das paredes gradeadas, prisioneiro é quem não tem acesso ao telemóvel.

A própria noção de distância deixou de ser medida em termos de quilómetros. Queremos saber se para onde vamos há rede telefónica. O fim do mundo é onde não há cobertura de antena.

É verdade que as novas tecnologias não costuram

os buracos na nossa roupa interior, mas elas ajudam a alterar as redes sociais em que nos fabricamos. Em muitas línguas africanas a palavra para dizer "pobre" é a mesma que diz "órfão". Na realidade, ser pobre é perder as redes familiares e as de teias de aliança social. Mora na pobreza quem perdeu o amparo da família. Num futuro muito breve, o verdadeiro órfão é aquele que não dispõe de computador, telemóvel e de cartão de crédito.

Apesar de tudo, vivemos numa sociedade que tem uma característica muito curiosa: aqui se glorifica o indivíduo mas nega-se a pessoa. Parece um contra-senso, mas não é. Afinal, há distância entre estas duas categorias: indivíduo e pessoa. Indivíduo é um ser anónimo, sem rosto e sem contorno existencial. A história de cada um de nós é a de um indivíduo a caminho de ser pessoa. O que nos faz ser pessoa não é o Bilhete de Identidade. O que nos faz pessoas é aquilo que não cabe no Bilhete de Identidade. O que nos faz pessoas é o modo como pensamos, como sonhamos, como somos outros. Estamos, enfim, falando de cidadania, da possibilidade de sermos únicos e irrepetíveis, da habilidade de sermos felizes.

Um dos problemas do nosso tempo é que perdemos a capacidade de fazermos as perguntas que são importantes. A escola nos ensinou apenas a dar respostas, a vida nos aconselha a que fiquemos quietos e calados. Uma das perguntas que pode ser importante é esta: O que é que nos dificulta o caminho para transitarmos de indivíduos para pessoas? O que precisamos para sermos pessoas a tempo inteiro?

Não tenho a pretensão de apontar as respostas certas. Mas tenho a impressão de que um dos principais problemas, um dos maiores buracos na nossa peúga é pensarmos que o sucesso não é fruto do trabalho. Para nós o sucesso, em qualquer área, surge como resultado daquilo que chamamos "boa sorte". Resulta de se ter bons padrinhos. O sucesso resulta de quem se conhece e não daquilo que se conhece.

Uma das edições do jornal *Notícias* desta semana abria com uma notícia sobre o monte Tumbine, na Zambézia. Em 1998, cerca de cem pessoas morreram naquele lugar por causa de um aluimento de terras. As terras desabaram porque se retirou a cobertura florestal das encostas e as chuvas arrastaram os solos. Foram feitos relatórios com recomendações muito claras. Os relatórios desapareceram. A floresta voltou a ser cortada e as pessoas voltaram a povoar as regiões perigosas. O que resta em Tumbine são as vozes que têm uma outra explicação. Essas vozes insistem na seguinte versão: há um dragão que mora no monte de Tumbine, em Milange, e que desperta de cinco em cinco anos para ir deitar os ovos no alto mar. Para não ser visto, o dragão cria o caos e a escuridão enquanto atravessa os céus desapercebido. Esse animal mitológico chama-se Napolo, no Norte, e aqui, no Sul, toma o nome de Wamulambo.

Existe uma poderosa força poética nesta interpretação dos fenómenos geológicos. Mas a poesia e as cerimónias dos espíritos não bastam para assegurar que uma nova tragédia não se venha a repetir.

A minha pergunta é: Estamos nós aqui, nesta assembleia, tão longe assim destas crenças? O facto de vivermos em cidades, no meio de computadores e da internet de banda larga, será que tudo isso nos isenta de termos um pé na explicação mágica do mundo?

Basta olhar para os nossos jornais para termos a resposta. Junto da tabela da taxa de câmbios encontra-se o anúncio do chamado médico tradicional, essa generosa personagem que se propõe resolver todos os problemas básicos da nossa vida. Se percorrerem a lista dos serviços oferecidos por esses médicos tradicionais verificarão que figuram os seguintes produtos (vou citar os feitos propagados, saltando os milagres conseguidos na saúde):

— faz subir na vida;
— ajuda a promoção no emprego;
— faz passar no exame;
— ajuda a recuperar o esposo ou a esposa.

Parodiando a linguagem moderna dos relatórios eu diria que este é o *job description* do nosso glorioso médico tradicional. Numa palavra, o atirador de sortes faz surgir por magia tudo aquilo que só pode resultar do esforço, do trabalho e do suor.

De novo, interroguemos as palavras que nós próprios criamos e usamos. Na realidade, "médicos tradicionais" é um nome duplamente falso. Primeiro, eles não são médicos. A medicina é um domínio muito particular do conhecimento científico. Não há médicos tradicionais como não há engenheiros tradicionais nem pilotos de avião tradicionais.

Não se trata aqui de negar as sabedorias locais, nem de desvalorizar a importância das lógicas rurais. Mas os anunciantes não são médicos e também não são tão "tradicionais" assim. As práticas de feitiçaria são profundamente modernas, estão nascendo e sendo refeitas na actualidade dos nossos centros urbanos. Um bom exemplo dessa habilidade de incorporação do moderno é o de um anúncio que eu recortei da nossa imprensa em que um destes curandeiros anunciava textualmente: "Curamos asma, diabetes e borbulhas; tratamos doenças sexuais e dores de cabeça; afastamos má sorte e... tiramos fotocópias".

Durante muito tempo, era interdito aos verdadeiros médicos fazerem publicidade nos órgãos de informação. E, no entanto, esses outros chamados de tradicionais conservam permissão de se anunciarem. Porquê esta complacência? Porque, no fundo, nós estamos disponíveis para acreditar. Nós pertencemos a esse universo, mesmo que, em simultâneo, já pertençamos a outros imaginários. Não são apenas os pobres, os menos educados que partilham estes dois mundos. São quadros de formação superior, são dirigentes políticos que procuram a bênção para serem promovidos e para terem sucesso nas suas carreiras.

Não creio que seja eficaz simplesmente condenar essas práticas. Mas temos que as assumir com mais verdade. Regressando ao título desta palestra, temos de aceitar que, por debaixo da capa do sapato, há uma espécie de ventilação especial nos nossos pés. De pouco vale dizermos que se trata de coisas tipicamente africanas. Meus amigos, essas coisas existem em todo o mundo. Não fazem parte da chamada natureza exótica dos africanos. Fazem parte da natureza da pessoa humana.

O que podemos dizer no nosso caso é que essas crenças possuem ainda um peso determinante. E esse peso entra em contradição com algumas exigências do mundo de hoje. A crença na chamada "boa sorte" faz com que nos demitamos da nossa responsabilidade individual e colectiva.

Este é um problema central para o nosso desenvolvimento. Porque esta visão do mundo nos leva a explicar os nossos insucessos pela existência de uma suposta mão escondida. Se falhamos é porque alguém tramou um mau-olhado. Não nos assumimos como cidadãos fazedores e responsáveis. Não produzimos o nosso destino: mendigamos as forças poderosas que estão para além de nós. Ficamos à espera da bênção e do bafejo da boa fortuna.

Tudo isto tem a ver com algo mais abrangente e mais sofisticado que é a teoria do *complot*. Satisfazemo-nos em explicar tudo por razões de alguma conspiração urdida nas nossas costas. É o receio da feitiçaria conduzido para a análise política. O caso recente das madeiras é um bom exemplo da aplicação da teoria da conspiração. Um grupo de compatriotas nossos denunciou aquilo que considerava ser a destruição eminente do nosso património florestal. O alerta era grave, podemos estar a perder não apenas parte do nosso meio ambiente, mas estarmos desperdiçando uma das principais armas para combater a pobreza. A reacção contra este protesto não se fez esperar: artigos diversos apontaram numa mesma direcção. A preocupação com as florestas provinha de um grupo bem-intencionado, mas manipulado por forças ocidentais que se mobilizam contra a presença chinesa em África. Eis a mão obscura que tudo comanda.

Tal como sucede na lógica da feitiçaria, a identificação do malvado resolve, à partida, o problema. Levantadas todas as poeiras, esgrimidas todas as suspeições, o assunto das florestas deixará de ser visível. A pergunta é simples: Não seria mais fácil criar uma comissão científica que inventariasse o verdadeiro estado actual dos recursos florestais e avaliasse as reais tendências de abate da nossa madeira? O assunto, meus amigos, é demasiado sério para fingirmos que estamos fazendo alguma coisa apenas porque levantamos a suspeita de uma conspiração internacional. A verdade é que se perdermos a floresta perdemos uma das maiores reservas de riqueza, o maior banco vivo do nosso território nacional.

Caros amigos:

Referi a ideia de má ou boa sorte como algo que mata a capacidade empreendedora, como algo que consolida o espírito de vítima. Referi esse convite constante para pensarmos que, para melhorar o mundo, a única coisa que nos resta é pedir, lamentar e reclamar.

Faço uma outra confidência. A empresa em que trabalho abriu um concurso para jovens que fizessem inquéritos nos bairros de Maputo. Concorreram centenas de jovens e parecia claro que as duas dezenas que conseguiram o lugar o defenderiam com unhas e dentes.

Logo no primeiro ensaio, porém, uma meia dúzia se apresentou cheia de queixas e reivindicações: que não podiam trabalhar ao sol, que o trabalho era muito cansativo e necessitavam de mais repouso, que precisavam de um subsídio para comprar chapéus e sombreiros... Este espírito, meus amigos, é o de uma nação doente. Um país em que os jovens pedem antes de dar qualquer coisa, é um país que pode ter hipotecado o seu futuro.

O que eu noto é que, a par de uma abnegação ilimitada, nós sofremos ainda do complexo de que merecemos mais que os outros porque sofremos no passado. "A História está em dívida connosco", é isso que pensamos. Mas a História está em dívida com todos e não paga a ninguém. Não houve povo que não sofresse, em algum momento, terríveis martírios e prejuízos. Nações inteiras foram reduzidas a escombros e renasceram por causa do trabalho e esforço de gerações. O nosso próprio país foi capaz de se afastar das cinzas da guerra. Invocar o passado para que se tenha pena de nós e ficar à espera que alguém nos compense é pura ilusão.

A lógica é, afinal, uma extensão do individual para

o colectivo. Como sobrevivemos pessoalmente à custa de favores, pedimos ao mundo que nos conceda privilégios e compensações especiais. Esse posicionamento de vítimas a quem o mundo tem de pagar uma dívida sucede como nação e como cidadãos. A verdade é esta: nunca nos darão essas condições. Ou nós as conquistamos ou nunca chegaremos lá. O valor de Lurdes Mutola deriva de ela ter vencido todo um historial de dificuldades. Imaginemos que Lurdes Mutola, em lugar de treinar a sério, faria a exigência de partir uns metros à frente das suas adversárias, argumentando que era pobre e vinha de um país martirizado. Mesmo que ela ganhasse, a sua vitória deixaria de ter qualquer valor. O exemplo parece ridículo mas refere o exercício de coitadismo que praticamos vezes sem conta. A solução para o desfavorecido não é pedir favores. É lutar mais do que os outros. E lutar sobretudo por um mundo onde não seja preciso mais favores.

Um outro buraco nas nossas peúgas (este é um buraco do tamanho da própria peúga) é a nossa tendência para culpabilizar os outros pelos nossos próprios erros. Perdemos o emprego não porque faltamos consecutivamente sem justificação. Perdemos a namorada (ou namorado) não porque amamos pouco e mal. Reprovamos no exame, mas não foi nunca por falta de preparação. Esses deslizes são por nós explicados pela evocação de demónios cuja existência é profundamente cómoda. A construção de diabos é, afinal, um investimento a prazo: a nossa consciência pode dormir à sombra dessas ilusões.

Esta não é uma doença exclusivamente nossa. Nos dias de hoje, estamos assistindo a um dramático exemplo dessa fabricação de fantasmas: diariamente no Iraque se matam civis inocentes em nome de Deus, em nome da luta contra um demónio que são os outros, de outra crença. José Saramago disse: "Matar em nome de Deus faz desse Deus um assassino".

E regressamos à questão da pessoa humana. Ao longo da História, as operações de agressão aos outros começam curiosamente por despessoalizar esses mesmos outros. Por assim dizer, esses — os inimigos — não são pessoas humanas como nós. A primeira operação na guerra dos Estados Unidos contra o Vietnã não foi de ordem militar. Foi de ordem psicológica e consistiu em desumanizar os vietnamitas. Eles já não eram humanos: eram "amarelos", eram seres de outra natureza sobre os quais não haveria problema de ética em lançar bombas, o agente laranja e napalm.

O genocídio no Ruanda foi aqui perto e não muito distante no tempo. Comunidades que conviviam em harmonia foram manipuladas por elites criminosas ao ponto de se ter cometido o maior massacre da História contemporânea. Se antes de 1994 perguntássemos a um tutsi ou a um hutu se acreditava que aquilo poderia acontecer no seu país eles declarariam que isso era inimaginável. Mas sucedeu. E sucedeu porque a capacidade de produzir demónios é ainda muito grande nos nossos países. Quanto mais pobre é um país maior é a capacidade de se destruir a si mesmo.

A partir de abril de 1994 e durante cem dias consecutivos mais de 800 mil tutsis foram assassinados pelos seus compatriotas hutus. Machados e catanas foram usados para chacinar 10 mil pessoas por dia, o que dá uma média de dez pessoas por minuto. Nunca na História humana se matou tanto em tão pouco tempo. Toda esta violência foi possível porque se tinha trabalhado para provar, uma vez mais, que os outros não eram pessoas humanas. O termo escolhido pela propaganda hutu para falar dos tutsis era *cockroaches*, baratas. A matança estava assim isenta de qualquer objecção moral, estava-se matando insectos e não pessoas humanas, compatriotas falando a mesma língua e vivendo a mesma cultura.

No vizinho Zimbábue, o discurso da unidade que marcou o início de uma sociedade multirracial foi, de súbito, alterado para uma agressão marcadamente racista. O vice-presidente do Zimbábue, Joseph Msika, num comício na cidade de Bulawayo disse textualmente: "Os brancos não são seres humanos". Ele apenas estava repetindo o que Robert Mugabe já havia proclamado. E eu cito as palavras de Mugabe: "O que odiamos nos brancos não é a sua pele mas o demónio que emana deles". Os dirigentes da Zanu tinham-se distinguido, poucos anos antes, como defensores de uma nação multirracial. O que tinha mudado? Mudara o jogo de forças. A ambição pelo poder provoca mudanças surpreendentes nas pessoas e nos partidos.

Estamos certos de que, em Moçambique, essas nuvens sombrias são distantes e pouco prováveis de alguma vez acontecerem. Esse é um motivo de orgulho no presente e de confiança no futuro. Mas esta certeza necessita de que não esqueçamos as lições de uma história que é também a nossa.

Caros amigos:

Pediram-me que falasse da pessoa humana. É um universo vasto, sem limites, do qual ninguém se pode dizer especialista. Fui forçado a escolher uma pequena parcela dessa tela infinita. Falei deste mal que é a demissão das nossas responsabilidades, da deserção das nossas capacidades. Falei da dependência de um modo de vida, em que tudo se consegue por favores, por cunhas e benesses. Falei de tudo isto porque o sistema bancário é profundamente vulnerável e permeável a este tipo de situações.

A nossa verdadeira questão enquanto nação é sermos capazes de produzir mais riqueza. Mas não confundirmos riqueza com dinheiro fácil. Certa vez fiz uma intervenção sobre essa obsessão de enriquecer rapidamente e de qualquer maneira. Fui atacado pelo argumento demagógico de que eu não queria ver moçambicanos ricos. Termino hoje reiterando aquilo que sempre defendi.

O meu anseio não é apenas ver moçambicanos ricos no verdadeiro sentido da palavra riqueza. O meu anseio é ver todos os moçambicanos partilhando de uma mesma riqueza. Só essa riqueza nos fará mais pessoas e mais humanos.

Quebrar armadilhas*

Ferreira Gullar emprestou o mote a este congresso. Eu sou um poeta e sinto-me feliz pelo facto de a poesia actuar como estrela inspiradora para um encontro desta natureza. A poesia prova assim não ser apenas um género literário, mas um olhar revelador de mistérios e uma sabedoria resgatadora da nossa profunda humanidade. A poesia é um modo de ler o mundo e escrever nele um outro mundo. Buscar iluminação na voz de um poeta já é um primeiro quebrar de armadilhas. Este Congresso da COLE está começando bem antes mesmo de iniciar os seus trabalhos.

Compete-nos desarmadilhar o mundo para que ele seja mais nosso e mais solidário. Todos queremos um mundo novo, um mundo que tenha tudo de novo e muito pouco de mundo. A isso chamaram de utopia. Sabendo que esta palavra contém já uma cilada. A palavra "utopia", que vem do grego, quer dizer o

(*) Intervenção no Congresso de Leitura COLE *Quebrando armadilhas*, Campinas, Brasil, 2007.

"não-lugar" (em contraponto com o lugar concreto que é o nosso mundo real). Mas eu não estaria fazendo poesia se dissesse que, nas condições de hoje, aconteceu uma curiosa inversão: o chamado mundo real é aquele que se apresenta como um verdadeiro não-lugar, um lugar vazio onde cabemos apenas como ilusão virtual. Não sei se poderemos chamar de lugar ao território onde vivemos uma vida que nunca chega a ser nossa e que, cada vez mais, nos surge como uma vida pouco viva.

Como primeira reacção, o mote deste congresso sugeriu-me realidades quotidianas muito concretas e transportou-me para o meu próprio país, onde subsistem milhares de minas deixadas pela guerra civil. Sou biólogo, trabalho nas zonas rurais e não há vez nenhuma que não seja assaltado pelo receio de pisar o chão. As minas antipessoais são produzidas por países que se reclamam da civilização e dos direitos humanos. Algumas destas nações proclamam-se mesmo campeãs na luta contra o terrorismo e as armas de destruição em massa. Mas recusaram-se sempre a assinar o acordo para o banimento desta insidiosa forma de terrorismo que todos os dias mutila e mata mulheres, crianças e homens inocentes nos países pobres.

Caros amigos:

A leitura é o propósito que aqui nos junta. Nós queremos todos que se promova a leitura e se valorize o livro. E eu queria falar exactamente da palavra "ler". Muitas vezes pensamos a nossa língua como algo que sempre existiu e que sempre existiu tal como a conhecemos hoje. Mas as palavras nascem, mudam de rosto, envelhecem e morrem. É importante saber onde nasceu cada uma delas, conhecer-lhe os parentes e saber do namoro que a fez nascer. Entender a origem e a história das palavras faz-nos ser mais donos de um idioma que é nosso e que não apenas dá voz ao pensamento como já é o próprio pensamento. Ao sermos donos das palavras somos mais donos da nossa existência.

A palavra "ler" vem do latim *legere* e queria dizer "escolher". Era isso que faziam os antigos romanos quando, por exemplo, seleccionavam entre os grãos de cereais. A raiz etimológica está bem patente no nosso termo "eleger". Ora o drama é que hoje estamos deixando de escolher. Estamos deixando de ler no sentido da raiz da palavra. Cada vez mais somos escolhidos, cada vez mais somos objecto de apelos que nos convertem em números, em estatísticas de mercado.

A armadilha do idioma é já um primeiro tropeço no caminho para chegarmos aos outros e a nós mesmos. Pensamos na nossa língua mas não pensamos essa mesma língua. Do mesmo modo, deixamos de ler a nossa própria língua. E porque deixamos de ler somos surpreendidos por ausências e desfasamentos. Conceitos e categorias que nos parecem inocentes e universais não se apresentam universalmente do mesmo modo. Eu vivo num país, Moçambique, em que se costuram várias fronteiras interiores. São fronteiras de culturas, línguas, etnias, religiões. Esse convívio com a diversidade me obriga a revisitar palavras e conceitos que me parecem impensadamente globais. E vou aprendendo coisas curiosas. Por exemplo, vou sabendo de pais que são tios, de tias que são mães, de primos que são irmãos. Tudo isto porque as relações de parentesco não podem ser traduzidas com a facilidade de um assunto técnico. E vou sabendo de leões que, afinal, são pessoas, de crocodilos que são animais de alguém, de pessoas que, depois da morte, renascem em perdizes, em leopardos, em morros de muchém.

As armadilhas de dentro

A nossa tentação é quase sempre maniqueísta. A visão simples que separa os "bons" dos "maus" é sempre a mais imediata. Quanto menos entendemos, mais julgamos.

A cilada maior é acreditarmos que as armadilhas estão sempre fora de nós, num mundo que temos por cruel e desumano. Ora, por muito que nos custe, nós somos também esse mundo. E as armadilhas que pensávamos exteriores residem profundamente dentro de nós. Quebrar as armadilhas do mundo é, antes de mais, quebrar o mundo de armadilhas em que se converteu o nosso próprio olhar. Precisamos de passar um programa antivírus pelo nosso *hardware* mental.

Escolhi falar dessas ratoeiras interiores que nos convertem em nómadas deambulando entre ecos e sombras.

A armadilha da realidade

Uma das primeiras armadilhas interiores é aquilo que chamamos de "realidade". Falo, é claro, da ideia de realidade que actua como a grande fiscalizadora do nosso pensamento. O maior desafio é sermos capazes de não ficar aprisionados nesse recinto que uns chamam de "razão", outros de "bom-senso". A realidade é uma construção social e é, frequentemente, demasiado real para ser verdadeira. Nós não temos sempre que a levar tão a sério.

Quando Ho Chi Minh saiu da prisão e lhe perguntaram como conseguiu escrever versos tão cheios de ternura numa prisão tão desumana ele respondeu: "Eu desvalorizei as paredes". Essa lição se converteu num lema da minha conduta.

Ho Chi Minh ensinou a si próprio a ler para além dos muros da prisão. Ensinar a ler é sempre ensinar a transpor o imediato. É ensinar a escolher entre sentidos visíveis e invisíveis. É ensinar a pensar no sentido original da palavra "pensar" que significava "curar" ou "tratar" um ferimento. Temos de repensar o mundo no sentido terapêutico de o salvar de doenças de que padece. Uma das prescrições médicas é mantermos a habilidade da transcendência, recusando ficar pelo que é imediatamente perceptível. Isso implica a aplicação de um medicamento chamado inquietação crítica. Significa fazermos com a nossa vida quotidiana aquilo que fizemos neste congresso que é deixar entrar a luz da poesia na casa do pensamento.

A armadilha da identidade

A mais perigosa armadilha é aquela que possui a aparência de uma ferramenta de emancipação. Uma dessas ciladas é a ideia de que nós, seres humanos, possuímos uma identidade essencial: somos o que somos porque estamos geneticamente programados. Ser-se mulher, homem, branco, negro, velho ou criança, ser-se doente ou infeliz, tudo isso surge como condição inscrita no ADN. Essas categorias parecem provir apenas da Natureza. A nossa existência resultaria, assim, apenas de uma leitura de um código de bases e nucleótidos.

Esta biologização da identidade é uma capciosa armadilha. Simone de Beauvoir disse: a verdadeira natureza humana é não ter natureza nenhuma. Com isso ela combatia a ideia estereotipada da identidade. Aquilo que somos não é o simples cumprir de um destino programado nos cromossomas, mas a realização de um ser que se constrói em trocas com os outros e com a realidade envolvente.

A imensa felicidade que a escrita me deu foi a de poder viajar por entre categorias existenciais. Na realidade, de pouco vale a leitura se ela não nos fizer transitar de vidas. De pouco vale escrever ou ler se não nos deixarmos dissolver por outras identidades e não reacordarmos em outros corpos, outras vozes.

A questão não é apenas do domínio de técnicas de decifração do alfabeto. Trata-se, sim, de possuirmos instrumentos para sermos felizes. E o segredo é estar disponível para que outras lógicas nos habitem, é visitarmos e sermos visitados por outras sensibilidades. É fácil sermos tolerantes com os que são diferentes. É um pouco mais difícil sermos solidários com os outros. Difícil é sermos outros, difícil mesmo é sermos os outros.

A armadilha da hegemonia da escrita

Uma terceira armadilha é pensar que a sabedoria tem residência exclusiva no universo da escrita. É olhar a oralidade como um sinal de menoridade. Com alguma condescendência, é usual pensar a oralidade como património tradicional que deve ser preservado. O culto de uma sabedoria livresca pode contrariar o propósito da cultura e do livro que é o da descoberta da alteridade.

Certa vez, um menino de rua em Maputo veio-me devolver um livro que ele vira nas mãos de uma estudante à saída da escola. Notando a minha fotografia na capa, esse menino acreditou que a estudante me tinha roubado o livro.

Me comoveu esse menino que atravessou a cidade para me devolver algo que, no entender dele, me pertencia. Mas o que ele me entregava era mais do que um objecto. Ele me entregava a inquietação profunda, a interrogação: a quem pertence realmente um livro? Ele é nosso porque o adquirimos, sim. O livro deve ser objecto e mercadoria para chegar às nossas mãos. Mas só somos donos desse objecto quando ele deixa de ser objecto e deixa de ser mercadoria. O livro só cumpre o seu destino quando transitamos de leitores para produtores do texto, quando tomamos posse dele como seus co-autores.

A mais importante linha divisória em Moçambique não é tanto a fronteira que separa analfabetos e alfabetizados, mas a fronteira entre a lógica da escrita e a lógica da oralidade. A absoluta maioria dos 20 milhões de moçambicanos vive e funciona num tipo de racionalidade que tem pouco a ver com o universo urbano. Mas em Moçambique, como no resto do mundo, a lógica da escrita instalou-se com absoluta hegemonia. Nesses casos, pressupostos filosóficos do mundo rural correm o risco de ser excluídos e extintos. Algumas das ideias que venho defendendo nesta comunicação estão claramente presentes na epistemologia da ruralidade africana.

A concepção relacional da identidade, inscrita no provérbio: "Eu sou os outros"; a ideia de que a felicidade se alcança não por domínio mas por harmonias; a ideia de um tempo circular; o sentimento de gerir o mundo em diálogo com os mortos: todos estes conceitos constam da rica cosmogonia rural africana.

É evidente que não se pode romantizar esse mundo não urbanizado. Ele necessita de enfrentar o confronto com a modernidade. O desafio seria alfabetizar sem que a riqueza da oralidade fosse eliminada. O desafio seria ensinar a escrita a conversar com a oralidade.

Não são só os livros que se lêem

Falamos em ler e pensamos apenas nos livros, nos textos escritos. O senso comum diz que lemos apenas palavras. Mas a ideia de leitura aplica-se a um vasto universo. Nós lemos emoções nos rostos, lemos os sinais climáticos nas nuvens, lemos o chão, lemos o Mundo, lemos a Vida. Tudo pode ser página. Depende apenas da intenção de descoberta do nosso olhar. Queixamo-nos de que as pessoas não lêem livros. Mas o deficit de leitura é muito mais geral. Não sabemos ler o mundo, não lemos os outros.

Vale a pena ler livros ou ler a Vida quando o acto de ler nos converte num sujeito de uma narrativa, isto é, quando nos tornamos personagens. Mais do que saber ler, será que sabemos, ainda hoje, contar histórias? Ou sabemos simplesmente escutar histórias onde nos parece reinar apenas silêncio?

Lembrei aqui o episódio do menino de rua porque tudo começa aí, na infância. A infância não é um tempo, não é uma idade, uma colecção de memórias. A infância é quando ainda não é demasiado tarde. É quando estamos disponíveis para nos surpreendermos, para nos deixarmos encantar. Quase tudo se adquire nesse tempo em que aprendemos o próprio sentimento do Tempo.

A verdade é que mantemos uma relação com a criança como se ela fosse uma menoridade, uma falta, um estado precário. Mas a infância não é apenas um estágio para a maturidade. É uma janela que, fechada ou aberta, permanece viva dentro de nós.

Recordo-me de que a guerra tinha deflagrado no meu país e o meu pai me levava a passear por antigas vias-férreas à procura de minérios brilhantes que tombavam dos comboios. Em redor, havia um mundo que se desmoronava mas ali estava um homem ensinando o seu filho a catar brilhos entre as poeiras do chão. Essa foi uma primeira lição de poesia. Uma lição de leitura do chão que todos os dias pisava. Meu pai me sugeria uma espécie de intimidade entre o chão e o olhar. E ali estava uma cura para uma ferida que eu não saberei nunca localizar em mim, uma espécie de memória de alguém que viveu em mim e fechou atrás de si um cortinado de brumas.

Pois eu vivo praticando a lição de leitura do meu pai que promove o chão em página. E estou aplicando o ensinamento de Ho Chi Minh que despromove a prisão em possibilidade de página. Deste modo aprendendo algo que sei que nunca chegarei a saber.

Enquanto escrevia o meu romance *O último voo*

do flamingo viajei pelo litoral do sul de Moçambique à procura de mitos e lendas sobre o mar. Mas tal não aconteceu. Dificilmente havia histórias ou lendas. O imaginário destes povos pertencia invariavelmente à terra firme. Apesar de habitarem o litoral, os seus sonhos moravam longe do oceano.

Aos poucos fui entendendo — aquelas zonas costeiras eram habitadas por gente que chegou recentemente à beira-mar. São agricultores-pastores que foram sendo empurrados para o litoral. A sua cultura é a da imensidão da savana interior. Em suas línguas não existem palavras próprias para designar barco. O pequeno barquinho toma o nome a partir do inglês — *bôte*. O navio grande é chamado de *xitimela xa mati* (literalmente, "o comboio da água"). O próprio oceano é chamado de "lugar grande". Pescar diz-se "matar o peixe". Deitar a rede é "peneirar a água". As armadilhas de pesca são construídas à semelhança daquelas usadas na caça. Os territórios de colecta de mariscos na praia são parcelados e sujeitos a pousio, exactamente como se faz nos terrenos agrícolas. Ao contrário do que sucede no centro e no norte de Moçambique, estes povos pescam sem serem pescadores. São lavradores que também colhem no mar. O seu assunto continua sendo a semente e o fruto. Os seus sonhos moram em terra e os deuses viajam pela chuva.

Nós estamos todos como esses povos que desconheciam a relação com o mar. O chamado "progresso" nos empurrou para uma fronteira que é recente, e olhamos o horizonte como se fosse um abismo sem fim. Não sabemos dar nome às coisas e não sabemos sonhar neste tempo que nos cabe como nosso. Os nossos deuses dificilmente têm moradia no actual mundo.

Mas é exactamente nesse espaço de fronteira que estamos aprendendo a ser criaturas de fronteira, costureiros de diferenças e viajantes de caminhos que atravessam não outras terras mas outras gentes. A poesia de Gullar deu mote a este encontro. O poeta Gullar defende que a poesia tem por missão desafiar o impossível e dizer o indizível. O que o poeta faz é mais do que dar nome às coisas. O que ele faz é converter as coisas em aparência pura. O que o poeta faz é iluminar as coisas. Como nos versos com que encerro:

> *Toda coisa tem peso:*
> *uma noite em seu centro.*
> *O poema é uma coisa*
> *que não tem nada dentro,*
> *a não ser o ressoar*
> *de uma imprecisa voz*
> *que não quer se apagar*
> *— essa voz somos nós.*

Encontros e encantos —
Guimarães Rosa*

Rosa em Moçambique

Caros amigos:

Interrogo-me sobre o que poderei dizer sobre Guimarães Rosa, eu que venho de tão longe e quando tanto estudo abalizado foi já produzido sobre o grande escritor mineiro. Essa dúvida marcou a preparação desta minha fala.

Vocês conhecem o escritor brasileiro melhor do que eu e não teria nenhum sentido eu, moçambicano, vir ao Brasil filosofar sobre um autor brasileiro. Sobretudo, não sendo eu um estudioso de literatura nem brasileira nem nenhuma outra.

Decidi, então, que não iria falar de um escritor nem da sua escrita. Falaria, sim, das razões que creio assistirem a essa poderosa influência que João Guimarães

(*) Intervenção na Universidade de Minas Gerais, Belo Horizonte, Brasil, 2007.

Rosa teve em alguma da literatura africana de língua portuguesa. Falarei também da minha relação com a escrita, falarei da minha atitude perante a produção de histórias (com h minúsculo) e a desconstrução da História (com H maiúsculo).

Na realidade, reconheço algumas razões pessoais que fizeram do meu encontro com Rosa uma espécie de abalo sísmico na minha alma. Algumas dessas razões eu as reconheço hoje. Enunciarei a seguir essas razões, uma por uma:

• A importância do escritor poder não ser escritor.

Rosa não foi apenas escritor. Enquanto médico e diplomata, ele visitou, e tardiamente, a literatura mas nela não fixou residência exclusiva e permanente. Ao ler Rosa percebe-se que, para se chegar àquela relação de intimidade com a escrita, é preciso ser-se escritor e muito escritor. Mas por um tempo é preciso ser-se um *não-escritor*.

É preciso estar livre para mergulhar no lado da não-escrita, é preciso capturar a lógica da oralidade, é preciso escapar da racionalidade dos códigos da escrita enquanto sistema de pensamento. Esse é o desafio de desequilibrista — ter um pé em cada um dos mundos: o da escrita e o da oralidade. Não se trata de visitar o mundo da oralidade. Trata-se de deixar-se invadir e dissolver pelo universo das falas, das lendas, dos provérbios.

• O exemplo de uma obra que se esquivou da obra.

João Guimarães Rosa não fez da literatura a sua carreira. Interessava-o sim a intensidade, a experiência quase religiosa. A maior parte dos seus nove livros foi publicada postumamente. Para Rosa não são os livros que importam, mas o processo da escrita. No momento em que ele se incorpora na instituição que simbolizava a solenidade da obra — a Academia Brasileira de Letras — essa luz parece ser demasiada e o faz sucumbir.

- A sugestão de uma língua que se liberta dos seus regulamentos.

Eu já bebia na poesia um gosto pela desobediência da regra, mas foi com o autor da *Terceira margem do rio* que eu experimentei o gosto pelo namoro entre língua e pensamento, o gosto do poder divino da palavra.

Mas decidi não falar de mim, nem de Rosa, nem de escritores. O meu propósito aqui é sobretudo entender por que razão um autor brasileiro influenciou tanto escritores africanos de língua portuguesa (o caso paradigmático será o Luandino Vieira, mas há outros como o angolano Boaventura Cardoso, os moçambicanos Ascêncio de Freitas e Tomaz Vieira Mário). Haverá por certo uma necessidade histórica para essa influência. Há razões que ultrapassam o autor. Haveria uma predisposição orgânica em Moçambique e Angola para receber essa influência, e essa predisposição está para além da literatura. Tentarei neste encontro listar alguns dos factores que podem ajudar a compreender o modo como Rosa se tornou referência no outro lado do mundo.

*Primeira razão — A construção
de um lugar fantástico*

A palavra "sertão" é curiosa. A sonoridade sugere o verbo "ser" numa dimensão empolada. Ser tão, existir tanto. Os portugueses levaram a palavra para África e tentaram nomear assim a paisagem da savana. Não resultou. A palavra não ganhou raiz. Apenas nos escritos coloniais antigos se pode encontrar o termo "sertão". Quase ninguém hoje, em Moçambique e Angola, reconhece o seu significado.
João Guimarães Rosa criou este lugar fantástico, e fez dele uma espécie de lugar de todos os lugares. O sertão e as veredas de que ele fala não são da ordem da geografia. O sertão é um mundo construído na linguagem. "O sertão", diz ele, "está dentro de nós." Rosa não escreve sobre o sertão. Ele escreve como se ele fosse o sertão.
Em Moçambique nós vivíamos e vivemos ainda o momento épico de criar um espaço que seja nosso, não por tomada de posse, mas porque nele podemos encenar a ficção de nós mesmos, enquanto criaturas portadoras de História e fazedoras de futuro. Era isso a independência nacional, era isso a utopia de um mundo sonhado.

*Segunda razão — A instauração
de um outro tempo*

Já vimos que o sertão é o não-território. Veremos que o seu tempo não é o vivido mas o sonhado. O narrador do *Grande sertão: veredas* diz: "Estas coisas de que me lembro se passaram tempos depois". E ele poderia dizer de outro modo: as coisas importantes passam sempre para além do tempo.

O que Rosa perseguiu na escrita foi (estou citando) "essa coisa movente, impossível, perturbante, rebelde a qualquer lógica, a que chamamos de 'realidade', e que é a gente mesmo, o mundo, a vida". A transgressão poética é o único modo de escaparmos à ditadura da realidade. Sabendo que a realidade é uma espécie de recinto prisional fechado com a chave da razão e a porta do bom-senso.

Terceira razão — A construção do Estado centralizador e a recusa da homogeneidade

É importante situar em que contexto histórico João Guimarães Rosa escreve. Grande parte da obra rosiana é escrita quando os brasileiros fazem nascer do "nada" uma capital no interior desse sertão (Brasília acabava de ser construída). O que estava ocorrendo era a consumação do controlo centralizado de uma realidade múltipla e fugidia.

Na realidade, o sertão de Rosa é erguido em mito para contrariar uma certa ideia uniformizante e modernizante de um Brasil em ascensão. O lugar distante e marginal, que é o planalto interior do Brasil, converte-se num labirinto artificialmente desordenado e desordenador.

Também Moçambique vive a lógica de um Estado centralizador, de processos de uniformização linguística e cultural. A negação dessa globalização doméstica é, muitas vezes, feita por via da sacralização daquilo que se chama tradição. África tradicional, África profunda e outras entidades folclorizadas surgem como espaço privilegiado da tradição, lugar congelado no tempo, uma espécie de nação que só vive estando morta.

O que a escrita de Rosa sugeria era uma espécie de inversão deste processo de recusa. Tratava-se não de erguer uma nação mistificada, mas da construção do mito como nação.

Quarta razão — A impossibilidade de um retrato de nação

Moçambique e Brasil são países que encerram dentro de si contrastes profundos. Não se trata apenas de distanciamento de níveis de riqueza, mas de culturas, de universos, de discursos tão diversos que não parecem caber numa mesma identidade nacional. A escrita de João Guimarães Rosa é uma espécie de viagem em cima dessa linha de costura. O que ele busca na escrita: um retrato do Brasil? Não. O que ele oferece é um modo de inventar o Brasil.

Com Mário de Andrade, João Guimarães Rosa é um dos fundadores da identidade territorial e cultural da nação brasileira. Ao contrariar uma certa ideia de modernização, Rosa acabou criando os pilares de uma outra modernidade estilística no Brasil. Ele fez isso numa altura em que a literatura brasileira estava prisioneira de modelos provincianos, demasiado próxima do padrão de literatura portuguesa, espanhola e francesa. De uma similar prisão ansiávamos, também nós, por nos libertar.

O que Rosa instaura é o narrador como mediador de mundos. Riobaldo é uma espécie de contrabandista entre a cultura urbana e letrada e a cultura sertaneja e oral. Esse é o desafio que enfrenta não apenas o Brasil, mas também Moçambique. Mais que um ponto de charneira necessita-se hoje de um médium, alguém que usa poderes que não provêm da ciência nem da técnica para colocar esses universos em conexão. Necessita-se da ligação com aquilo que João Guimarães Rosa chama de "os do lado de lá". Esse lado está dentro de cada um de nós. Esse lado de lá é, numa palavra, a oralidade.

Quinta razão — A necessidade de contrariar os excessos do realismo

Vivíamos em Moçambique e em Angola a aplicação esforçada do modelo estético e literário do realismo socialista. Nós mesmos fomos autores militantes, a nossa alma tomou partido e tudo isso nos parecia historicamente necessário. Mas nós entendíamos que havia uma outra lógica que nos escapava e que a literatura tinha razões que escapavam à razão política.

A leitura de Rosa sugeria que era preciso sair para fora da razão para se poder olhar por dentro a alma dos brasileiros. Como se para tocar a realidade fosse necessário uma certa alucinação, uma certa loucura capaz de resgatar o invisível. A escrita não é um veículo para se chegar a uma essência, a uma verdade. A escrita é a viagem interminável. A escrita é a descoberta de outras dimensões, o desvendar de mistérios que estão para além das aparências. É Rosa quem escreve: "Quando nada acontece, há um milagre que não estamos vendo".

Há aqui um posicionamento político nunca enunciado mas inscrito no tratamento da linguagem. É na recriação da linguagem que ele sugere uma utopia, uma ideia de futuro que está para além daquilo que ele denuncia como uma tentativa de "miséria melhorada". Esta linguagem mediada entre classes cultas e os sertanejos quase não existia no Brasil. Através de uma linguagem reinventada com a participação dos componentes culturais africanos também nós em Angola e Moçambique procurávamos uma arte em que os excluídos pudessem participar da invenção da sua História.

Sexta razão — A urgência de um português culturalmente remodelado

Nós vivemos em Angola e Moçambique uma certa saturação de um discurso literário funcional. Mais que funcional: funcionário.

Numa entrevista com Günter Lorenz, Rosa revoltava-se contra a escrita panfletária e utilitarista da literatura, mesmo que isso fosse feito em nome da boa intenção de mudar o mundo. "Somente renovando a língua é que se pode renovar o mundo. O que chamamos hoje linguagem corrente é um monstro morto. A língua serve para expressar ideias, mas a linguagem corrente expressa apenas clichés e não ideias; por isso está morta, e o que está morto não pode engendrar ideias."

Para João Guimarães Rosa, a língua necessitava "fugir da esclerose dos lugares-comuns, escapar à viscosidade, à sonolência". Não era uma simples questão estética mas era, para ele, o próprio sentido da escrita. Explorar as potencialidades do idioma, desafiando os processos convencionais da narração, deixando que a escrita fosse penetrada pelo mítico e pela oralidade.

"Guimarães Rosa inventou uma outra língua portuguesa. A sua obra é a criação de outra linguagem. O personagem mais importante de Rosa é a própria linguagem." (Manoel de Barros)

Guimarães Rosa, como Manoel de Barros, trabalha fora do senso-comum (ele cria um senso-incomum), elabora no mistério denso das coisas simples, entrega-nos a transcendência da coisa banal.

*Sétima razão   A afirmação da oralidade
e do pensamento mágico*

O autor insurge-se contra a hegemonia da lógica racionalista como modo único e exclusivo de nos apropriarmos do real. A realidade é tão múltipla e dinâmica que pede o concurso de inúmeras visões. Em resposta ao *to be or not to be* de Hamlet o brasileiro avança outra postura: "Tudo é e não é". O que ele sugere é a aceitação da possibilidade de todas as possibilidades: o desabrochar das muitas pétalas, cada uma sendo o todo da flor.

Caros amigos:

Aventurei-me sobre possíveis razões dessa ponte mágica entrecriada entre o autor mineiro e os nossos autores africanos. Possivelmente, nada disto faz sentido. Essas razões valem para mim, com a minha história e a minha vivência.

O meu país tem países diversos dentro, profundamente divididos entre universos culturais e sociais variados. Eu mesmo sou a prova desse cruzar de mundos e de tempos. Sou moçambicano, filho de portugueses, vivi o sistema colonial, combati pela independência, vivi mudanças radicais do socialismo ao capitalismo, da revolução à guerra civil. Nasci num tempo de charneira, entre um mundo que nascia e outro que morria. Entre uma pátria que nunca houve e outra que ainda está nascendo. Essa condição de um ser de fronteira marcou-me para sempre. As duas partes de mim exigiam um médium, um tradutor. A poesia veio em meu socorro para criar essa ponte entre dois mundos aparentemente distantes.

E eu cresci nesse ambiente de mestiçagem, escutando os velhos contadores de histórias. Eles me traziam o encantamento de um momento sagrado. Aquela era a minha missa. Eu queria saber quem eram os autores daquelas histórias e a resposta era sempre a mesma: ninguém. Quem criara aqueles contos haviam sido os antepassados, e as histórias ficavam como herança divina. Naquele mesmo chão estavam sepultados os mais velhos, conferindo história e religiosidade àquela relação. Nessa moradia, os antepassados se convertem em deuses.

Por aquela razão, aquele momento agia em mim de maneira contraditória: por um lado, me aconchegava, por outro me excluía. Eu não podia partilhar por inteiro daquela conversa entre deuses e homens. Porque eu estava já carregado de Europa, minha alma já bebera de um pensamento. E os meus mortos residiam num outro chão, longínquo e inacessível.

Quando me pergunto porque escrevo eu respondo: para me familiarizar com os deuses que eu não tenho. Os meus antepassados estão enterrados em outro lugar distante, algures no norte de Portugal. Eu não partilho da sua intimidade e, mais grave ainda, eles me desconhecem inteiramente. O que faço hoje, sempre que escrevo, é inventar esses meus antepassados. Essa reinvenção pede artifícios que só a infância pode guardar. Uma reaprendizagem tão profunda implica uma perda radical de juízo. Isto é, implica a poesia.

E foi poesia o que me deu o prosador João Guimarães Rosa. Quando o li pela primeira vez experimentei uma sensação que já tinha sentido quando escutava os contadores de histórias da infância. Perante o texto, eu não lia simplesmente: eu ouvia vozes da infância. Os livros de João Guimarães Rosa atiravam-me para fora da escrita como se, de repente, eu me tivesse convertido num analfabeto selectivo. Para entrar naqueles textos eu devia fazer uso de um outro acto que não é "ler", mas que pede um verbo que ainda não tem nome.

Mais que a invenção de palavras, o que me tocou foi a emergência de uma poesia que me fazia sair do mundo. Aquela era uma linguagem em estado de transe, que entrava em transe como os médiuns das cerimónias mágicas e religiosas. Havia como que uma embriaguez profunda que autorizava a que outras linguagens tomassem posse daquela linguagem. Exactamente como o dançarino da minha terra que não se limita a dançar. Ele prepara a possessão pelos espíritos. Ele cria o momento religioso em que emigra do seu próprio corpo.

Os contadores de histórias do meu país têm de proceder a um ritual quando terminam a narração. Têm de "fechar" a história. "Fechar" a história é um ritual em que o narrador fala com a própria história. Pensa-se que as histórias são retiradas de uma caixa deixada por Guambe e Dzavane, o primeiro homem e a primeira mulher. No final, o narrador volta-se para a história — como se a história fosse uma personagem — e diz:

— *Volta para casa de Guambe e Dzavane.*
É assim que a história volta a ser encerrada nesse baú primordial.
O que acontece quando não se "fecha" a história? A multidão que assiste fica doente, contaminada por uma enfermidade que se chama a doença de sonhar. João Guimarães Rosa é um contador que não fechou a história. Ficamos doentes, nós que o escutamos. E amamos essa doença, esse encantamento, essa aptidão para a fantasia. Porque a todos não nos basta ter um sonho. Queremos mais, queremos ser um sonho.

Muito obrigado a vocês por me ajudarem a ser esse sonho.

Dar tempo ao futuro*

"Inaugurar" vem do latim *augúrio* que quer dizer "presságio". Na Roma Antiga, sempre que se iniciava uma obra de construção os adivinhadores eram chamados para uma cerimónia de propiciação. Pela leitura do movimento das aves, eles declaravam se era ou não um bom momento para o início do empreendimento.

As cerimónias mudaram, mas alguma coisa ficou do seu formato original, bem como a palavra com que hoje designamos estas cerimónias. Não é que um escritor seja um adivinho (nem hoje é muito saudável andar a seguir aves de migração). Mas o que nos conduz a um ritual como este não é muito distante daquilo que os romanos faziam há mais de 2 mil anos, solicitando os bons augúrios para uma obra nova. O que nos faz estar aqui é testemunhar o desejo de que este seja um bom momento para criar uma actividade que se pretende ser de sucesso.

(*) Intervenção na inauguração de uma empresa seguradora, Luanda, Angola, 2005.

Venho de modo disperso e episódico a Luanda, onde tenho grandes amigos. Devo confessar que me surpreendeu, desta vez, uma efervescência económica que aliás se podia adivinhar com o advento da Paz. Em Moçambique, experimentámos o mesmo processo depois do final da guerra. Mas tenho que admitir que nunca essa recuperação ocorreu com tanta visibilidade no meu país. É bom assistir a este redespertar. Nós, moçambicanos, nos revemos também nesta Angola revigorada. Estão dispensados os adivinhos: este é certamente um tempo bom para a economia de Angola e para todos que operam na sua reconstrução.

Uma empresa seguradora trabalha no domínio das eventualidades futuras. E por assim ser, escolhi falar do futuro como tema desta minha breve intervenção. Escolher o futuro como tema é enfrentar um universo de conflitos e de ambiguidades. Porque o futuro apenas existe numa dimensão fluida, quase líquida. Por vezes, como está ocorrendo agora neste país, ele desponta como se fosse um chão material e concreto. Na maior parte das vezes, porém, ele é frágil e nebuloso como uma linha de horizonte que se desfaz quando nos tornamos mais próximos. No conflito entre expectativa e realidade é comum o sentimento de desapontamento que faz pensar que, no passado, o futuro já foi melhor. Na realidade, no momento actual e global muitos de nós deixámos simplesmente de querer saber do futuro. E parece recíproco: o futuro também não quer saber de nós.

Estamos tão entretidos em sobreviver que nos consumimos no presente imediato. Para uma grande maioria, o porvir tornou-se um luxo. Fazer planos a longo prazo é uma ousadia a que a grande maioria foi perdendo direito. Fomos exilados não de um lugar. Fomos exilados da actualidade. E por inerência, fomos expulsos do futuro.

Esta é a condição não apenas de milhões de pessoas, mas de muitos países do nosso continente e do mundo inteiro. O amanhã tornou-se demasiado longe. Mais do que longínquo, tornou-se improvável. Mais do que improvável, tornou-se impensável.

Esta ausência de perspectiva histórica não pode ser atribuída apenas a regimes e governos. O que alguns, maus políticos, fizeram foi reafirmar algo que já existia antes: um profundo alheamento em relação à nossa condição de temporários viajantes do Tempo. O descrédito político gerou o cinismo com que hoje olhamos a gestão do nosso quotidiano.

Todavia, a dificuldade de ver o futuro é, no nosso caso, muito anterior à desilusão política. Esse alheamento resulta de uma filosofia própria do mundo rural africano, em que o Tempo é entendido como uma entidade circular. Nesse universo apenas o presente é credenciado. A ideia de um tempo redondo não é uma categoria exclusivamente africana, mas de todas as sociedades que vivem sob o domínio da lógica da oralidade. Foi a escrita que introduziu a ideia de um tempo linear, fluido e irreversível como a corrente de um rio. Nos casos de Angola e Moçambique, contudo, a lógica da escrita é ainda um universo restrito. Politicamente hegemónico, mas dominado do ponto de vista da representação que fazemos do mundo.

Para a oralidade, só existe o que se traduz em presença. Só é real aquele com quem podemos falar. Os próprios mortos não se convertem em passado, porque eles estão disponíveis a, quando convocados, se tornarem presentes. Em África, os mortos não morrem. Basta uma evocação e eles emergem para o presente, que é o tempo vivo e o tempo dos viventes.

Não quero perder-me em meandros filosóficos. Mas grande parte dos moçambicanos (e imagino dos angolanos) lida com categorias de tempo bem diversas daquela que norteia uma empresa de seguros. Para essas culturas, o futuro não só não tem nome como a sua nomeação é interdita. Na maior parte das línguas moçambicanas há palavra para dizer "amanhã" — no sentido literal do dia seguinte (*monguana, mundjuku, mudzuko*). Mas não há equivalente para o termo "futuro", nomeando o tempo por inaugurar. A noção de futuro trabalha num território que é do domínio sagrado. Antever o futuro é uma heresia, uma visita não autorizada. O porvir está ligado aos ciclos agrícolas e diz-se pela previsão das colheitas e das chuvas. E como as chuvas são mandadas e encomendadas, a ideia desse tempo ainda por acontecer resulta de equilíbrios entre os vivos e os antepassados. A manutenção desse equilíbrio compete a forças que nos escapam.

É evidente que, no universo urbano, estes conceitos são reconstruídos e o peso da oralidade vai-se tornando outro. Todavia, mudar de conceitos sobre o tempo leva tempo. E quem fala de tempo fala da espera e da sua irmã gémea, a esperança.

Infelizmente foi-se generalizando uma atitude de descrença. O acumular de crises e o compensar dos crimes contra a ética convidam-nos a uma desistência da alma. Todos os dias uma silenciosa mensagem nos sugere o seguinte: o futuro não vale a pena. Há que viver o dia-a-dia, ou na linguagem dos mais jovens: há que curtir os prazeres imediatos. A geração dos nossos pais tinha como propósito amealhar um dinheirinho para prevenir acidentes e assegurar um futuro certo e seguro. Teremos nós hoje a mesma fé?

O ditado dizia: "Grão a grão enche a galinha o papo". Hoje, temos vergonha do pequeno grão e temos tanta pressa e tanta ambição que já não há galinhas, só há pavões. Reina a expectativa do "depressa e muito". Pagaremos mais tarde esta ilusão de grandeza e velocidade. A vida nos dirá que o depressa sai mal e o muito só é muito para muito poucos.

As campanhas contra a Sida ressentem-se deste desafio. Não se trata apenas de pedir aos jovens que façam contas e sacrifiquem a expressão imediata dos seus desejos. A questão é esta: em nome de quê o jovem abdica do prazer do momento? Antes havia um sujeito maior, uma razão redentora, na forma de uma causa religiosa, ou de um discurso político. Hoje essa razão de longo prazo está descolorida. Necessitamos de reescrever uma narrativa nova, de inventar um tempo que seja brilhante e sedutor. E que dê sentido às escolhas de longa duração, que dê valor à esperança e à moralidade enquanto investimentos a longo termo. Necessitamos de ter a certeza de que vale a pena esperar sem receio de que os abutres devorem, entretanto, o melhor pedaço da nossa alma.

Falei de um rapto que consiste na abolição da crença. Falei numa enfermidade que é desdenhar tudo aquilo que é gradual e que é construído grão a grão. Fiz parte de uma geração que lutou pela independência, uma geração que sofreu a doença inversa — só nos sentíamos existindo enquanto habitantes do futuro. Acreditávamos que esse sentimento épico fosse eterno. Hoje sabemos: essa doce embriaguez apenas existe em breves momentos da História. No resto, domesticamos a nossa existência numa letargia sem horizonte nem brilho a que chamamos "realidade".

As nossas nações foram-nos facultadas por via de um sonho conquistado, o sonho nacionalista. Construímos um mundo que já não é do Outro, mas que não é ainda o nosso. Acordamos desse sonho com a sensação de estranheza. Estamos despertando para um mundo em que podemos e devemos ainda sonhar. A diferença é que esse mundo já não nos inclui nos seus sonhos. Não é uma doença angolana ou moçambicana. É assim em todo o mundo. Somos, em simultâneo, do tempo da Utopia e do tempo dos Predadores, usando as palavras do meu colega e amigo Pepetela.

Recordo os dias em que, nesta mesma cidade, fiz a cobertura jornalística do funeral do presidente Agostinho Neto. Recordo as mulheres de luto que se lançavam em desespero para o chão, tombando como folhas secas de uma árvore em repentino Outono. Não é possível esquecer esse choro colectivo, esse pranto total contaminando todos os presentes. Recordo o meu colega fotógrafo que limpava os olhos e que, para se desculpar, nos perguntava se estaria chovendo. Também eu chorei quando vi lágrimas correndo no rosto dos soldados que se perfilavam. Era insuportável o peso desse contraste entre o porte militar e a vontade do coração ferido.

Voltei a ser invadido pelo mesmo desamparo no funeral de Samora Machel, em Maputo. Em ambos os casos, tinham morrido pessoas notáveis, sim, mas morriam, sobretudo, personagens de uma narrativa épica, que personificavam uma visão heróica e idealizada de nós mesmos. Havia, nessa altura, uma explicação da nossa condição. Havia uma leitura angolana e moçambicana de nós mesmos. E essa leitura era suficiente e produzia, por si mesma, uma ideia de futuro. Mais do que ideologia era uma crença. Tínhamos pouco, acreditávamos muito.

Angola e Moçambique não eram apenas nomes de novas nações, mas janelas abertas para a esperança, essa que Agostinho Neto chamou de sagrada esperança. Que, no fundo, era a esperança do sagrado.

Por via dos nomes de Angola e de Moçambique — nos redimíamos da nossa condição precária e nos salvávamos da miséria maior que é ser-se invisual para o destino. Através dessas pátrias ganhávamos acesso ao mundo e ao futuro. As mulheres que choravam

Neto na praça de Luanda sofriam de uma cegueira antecipada, uma espécie de bloqueio temporário. Elas tinham sido catapultadas para fora de uma relação apaixonada com o seu lugar e o seu tempo. Esse empurrão foi sucedendo em todos nós, de modo mais suave, tão suave que transitámos não apenas de lugar mas de percurso. Nós já não temos a mesma viagem. Muitos de nós nem sequer acreditam ter viagem alguma.

Esta semana vi um documentário da televisão espanhola sobre os refugiados africanos saltando a fronteira de Ceuta. As imagens são trágicas: homens cobrem com o seu corpo o arame farpado para que outros passem por cima dos seus corpos. Gente desesperada converte-se em chão magoado para que outros cheguem à terra do paraíso. Que esse paraíso seja ilusório, isso pouco importa.

Não interessa o lugar de destino como também não interessa o nome dos países de onde são originários. Não fogem exactamente de um lugar de África. Fogem do desespero que é pensar que essa miséria não terá nunca fim. Fogem de um futuro que está nascendo já morto.

O que é verdade é que, para milhares de africanos, vale a pena saltar sobre o abismo. Isto quer dizer o quê? Que estamos dando razão ao chamado afropessimismo? Que a Europa e a América são terras de bem-estar essencial e o nosso continente está entregue à decadência? Na realidade, a imagem que chega da fronteira de Ceuta não veio sozinha. Chegaram, quase ao mesmo tempo, imagens de Nova Orleans inundada pelo furacão Katrina. Essas imagens revelavam um universo de miséria inqualificável, e denunciavam a paralisia da maior potência do planeta perante um pedaço de Terceiro Mundo encravado na sua própria garganta. Outras imagens chegavam da Europa. E mostravam uma França doente, uma nação pegando fogo perante a incapacidade de integrar e dignificar os pobres que ali chegavam como construtores de riqueza alheia.

O que estas imagens todas, vindas de todos os lados, nos dizem é o seguinte: não, não fomos apenas nós, nações periféricas, que falhámos. Algo maior falhou. E o que está desmoronando é todo um sistema que nos disse que se propunha tornarmo-nos mais humanos e mais felizes.

Na luta pelas nossas independências era preciso esperança para ter coragem. Agora é preciso coragem para ter esperança. Antes nós sonhámos uma pátria porque éramos sonhados por essa mesma pátria. Agora, queremos pedir a essa grande mãe que nos devolva a esperança. Mas não há resposta, a mãe está calada, ausente. A única coisa que ela nos diz é que ela teve voz enquanto nós fomos essa voz. Enquanto nos calarmos, ela permanecerá no silêncio. O que significa que precisamos de recomeçar sempre e sempre. Há que inventar uma outra narrativa, viver uma outra crença. A verdade é esta: somos nós que temos de ir dando à luz uma mãe. Só somos parentes, pátria e cidadão, numa relação alimentada grão a grão, gota a gota.

Ser-se de uma nação como Moçambique ou Angola pode ser um convite à diferença. Ao visitar Angola eu sou visitado por um sentimento que só pode ser vivido por quem esteve na guerra e raspou no fundo. Quem vive num labirinto, tem fome de caminhos.

Na minha cidade natal, a Beira, vivi a minha infância num bairro chamado Maquinino. E passava tardes inteiras na pequena alfaiataria de um indiano chamado Ratilal. Nesse estabelecimento escuro, de paredes estreitas, eu me demorava tardes inteiras. Havia um rádio ligado a uma estação emissora da Índia que transmitia, de modo roufenho e cheio de interferências, canções numa língua que eu não entendia. O que me encantava, porém, era o modo sereno como as mãos do alfaiate manipulavam os rolos de tecidos. Aqueles gestos sem esforço nem ruído me dissolviam. As mãos do alfaiate cumpriam uma dança mágica, enquanto desenhavam peças de roupa com giz branco, rodavam e recortavam os panos. Nessa contemplação eu ganhava sono a ponto de adormecer e só despertar sacudido pela voz de um muito raro cliente. Quando a minha mãe me perguntava por que razão tanto me demorava no velho estabelecimento eu respondia que o alfaiate me contava histórias e lendas da Índia. Era mentira. Eu simplesmente tinha vergonha de dizer que me fascinava o gesto cru da mão fazendo roupa, como se, daquele modo, a própria mão se fizesse roupa.

Quarenta anos depois revisitei a minha cidade e, com algum receio, fui ao meu bairro para confirmar se ainda existia a alfaiataria. Existia. E lá estava o mesmo alfaiate, mais dobrado, os dedos nodosos ainda recortando o pano. Obviamente, ele não se recordava de mim, mas quando me anunciei, eu vi que os olhos dele se marejavam. Tivera súbito acesso a uma lembrança? Não, aquela era a tristeza de não poder recordar-se de si mesmo, quando ele ainda navegava nas românticas canções indianas. O velho Ratilal permaneceu calado por um tempo. Na primeira oportunidade, desatou a vociferar contra os males do mundo, dizendo mal de tudo e de todos. Ele queria vingar-se de qualquer coisa que não tinha nome, queria ser escutado por alguém que estivesse vivo na sua própria vida. E até ao final da visita não escutei senão amargas queixas e ásperas acusações. Onde estava aquela criatura doce e de modos tranquilos que eu conhecera?

Sucedera com o alfaiate aquilo que se passara com muitos de nós. Azedara. Ao escutar o velho Ratilal, alguma coisa se rasgou como um pano dentro de mim. A amargura do alfaiate dilacerava a memória de um tempo em que eu adormecia entre tecidos e canções. Era como se a descrença do futuro de Ratilal me roubasse o meu próprio passado. Entendi, então: o desânimo é uma doença contagiosa. E pode ser fatal. Cedemos a essa contaminação como que arrastados por uma vertigem e algo se derrama para sempre.

O que tudo isto tem a ver com este momento que aqui vivemos? Eu diria que tem tudo. Afinal, estamos inaugurando uma empresa cuja área de intervenção é o próprio futuro. Nós seguramo-nos porque queremos ter mais futuro, melhor futuro. Só quem ainda tem crença é que entra num jogo, cujo fim é reduzir a margem de perda e de risco. Acreditar nisto é como devolver o gesto às mãos que costuram e do pano informe fazem vestuário.

Tenho escrito repetidamente que o nosso maior inimigo somos nós mesmos. O adversário do nosso progresso está dentro de cada um de nós, mora na nossa atitude, vive no nosso pensamento. A tentação de culpar os outros em nada nos ajuda. Só avançamos se formos capazes de olhar para dentro e de encontrar em nós as causas dos nossos próprios desaires. Angola pode ser uma grande potência africana e nós, moçambicanos, temos todo o empenho em que isso ocorra. Uma grande potência não começa nos recursos naturais. Começa nas pessoas e na capacidade de essas pessoas serem produtoras de felicidade. Seremos mais pessoas se o futuro for um território nosso, onde o medo e o desespero estejam tão ausentes como nós estamos presentes aqui, para celebrar algo que se está iniciando tanto quanto nos podemos iniciar a nós próprios.

O futuro por metade*

Lembro aqui um episódio que vivi como jornalista em 1974, naquele a que chamávamos o "período de transição", sem sabermos que era apenas o primeiro de uma série interminável de períodos de transição. E espero bem que muitas outras transições ainda ocorram sem que ninguém pretenda bloquear este processo de procuras a que nos temos dedicado.

Era o dia 7 de abril de 1975, a primeira vez que se comemorava em todo o Moçambique o Dia da Mulher Moçambicana. Eu trabalhava no jornal *Tribuna* e mandaram-me fazer a cobertura das celebrações no porto de Maputo. Quem dirigia o encontro era o saudoso general Sebastião Mabote.

Logo no início do encontro cantaram-se e clamaram-se os obrigatórios vivas como era habitual nesse tempo. O entusiasmo dos estivadores era total e a adesão ao orador era completa. Mabote gritava "Viva a

(*) Intervenção nas celebrações do escritor Ibsen, Maputo, 2007.

Mulher!" e centenas de braços bem másculos e vozes ásperas se erguiam concertados num único e vigoroso arremesso.

De repente, o general parou e, de cima de um improvisado pódio, contemplou a multidão composta apenas por homens duros, musculados pelo trabalho. O seu olhar era de mandador de almas, habituado à liderança. Foi então que ele deu voz de comando: "Gritem todos comigo, quero que o nosso grito vá bem para além de Maputo". E os homens responderam em coro que sim, que fariam coro com o seu líder. Então, Sebastião Marcos Mabote, levantando os braços a encorajar as massas, iniciou o seguinte mote: "Somos todos mulheres! Somos todos mulheres!". E incentivava, vibrante, para que todos fizessem coro. Um silêncio espantado, uma atrapalhação geral percorreu os estivadores. Alguns, uns poucos, timidamente começaram a repetir o estranho slogan. Mabote conhecia as artes da comunicação com as massas. E insistiu, paciente, até que, passados uns dolorosos minutos, mais e mais vozes másculas proclamassem a sua identidade feminina. Mas ninguém clamou a plenos pulmões. E os que timidamente erguiam a voz nunca passaram de uma pequena minoria. O general, desta vez, não foi bem-sucedido.

Partilho esta lembrança convosco porque ela confirma aquilo que todos sabemos: é fácil (embora se vá tornando raro) ser-se solidário com os outros. Difícil é sermos os outros. Nem que seja por um instante, nem que seja de visita. Os estivadores estavam dispostos a declarar o seu apoio à Mulher. Mas não estavam disponíveis a viajar para o seu lado feminino. E recusaram pensarem-se renascidos sob uma outra pele, dentro de um outro género. Dizemos que somos tolerantes com as diferenças. Mas ser-se tolerante é ainda insuficiente. É preciso aceitar que a maior parte das diferenças foi inventada e que o Outro (o outro sexo, a outra raça, a outra etnia) existe sempre dentro de nós.

É obvio que falo em ser o Outro não no sentido literal, não proponho que nós, homens, iniciemos uma operação travesti, macaqueando os tiques, pintando os lábios e as unhas, usando soutien e sapato alto. Porque esta operação de disfarce os homens já a cumprem demais, muito mais do que eles próprios querem admitir. Não nos esqueçamos de que, no Carnaval, o disfarce mais comum é o homem mascarado de mulher. É quase uma obsessão. Mesmo entre os mais duros machos existe essa estranha pulsão de desfilar passando-se por mulher, nos dias em que isso é socialmente consentido. Valia a pena interrogarmos — até no sentido psiquiátrico — esta vontade de se ser aquele que tão veementemente se nega.

Mas eu não falo dessa conversão mimética. Falo da disponibilidade de viajarmos para aquilo que entendemos como sendo a alma dos outros. A capacidade de visitarmos, em nós, aquilo que pode ser chamado de alma feminina mesmo que não saibamos exactamente o que isso é, mesmo que desconheçamos onde começa e acaba a fronteira entre o masculino e o feminino.

Recordo-me de que numa conferência sobre literatura em Durban um escritor sul-africano atacava um jovem poeta do seu país. E dizia: "Você fez um verso sobre uma mulher africana andando de bicicleta no campo. Ora, isso nunca pode acontecer com uma mulher bantu". Eu tinha acabado de viajar por Sofala e pela Zambézia e, por acaso, tinha comigo fotografias com várias de mulheres circulando de bicicleta. Exibi essas provas do "crime" e o crítico, azedo, resmungou: "Sim, mas essas não são mulheres zulus". O universo das bantus reduziu-se drástica e subitamente às zulus. E muito provavelmente existiriam, sem que o nosso amigo soubesse, muitas mulheres zulus pedalando pelas estradas sul-africanas. Mas o ponto não é este. É que mesmo que nenhuma mulher de uma certa comunidade faça uso de bicicleta, a literatura é livre de inventar o que quiser e colocar sobre o selim um corpo feminino ou um corpo de um sexo por inventar.

Eu creio que a reacção do escritor sul-africano é reveladora de que a posição do homem invocando interdições em nome de uma hipotética "essência" feminina nasce da insegurança. Nasce do medo. Nós homens não conhecemos aquelas com quem partilhamos a Vida e o Mundo. Receamos aquilo que elas pensam, sentimo-nos ameaçados com o que elas sentem. Olhamos o futuro como uma bicicleta conduzida por uma mulher. Provavelmente, a mulher sofre da mesma dificuldade de ser o Outro e de viajar pela alma do Homem. Mas algo me diz que ela não sofre dos mesmos receios sobre um futuro dominado pelo Homem. Na realidade, ela já está vivendo esse presente. E esse presente é um chapa-cem[1] conduzido por mãos masculinas.

Afinal, foi este profundo e antigo receio que veio à tona quando os estivadores tiveram de gritar o slogan sugerido por Sebastião Mabote.

É contra este medo profundo que Ibsen e todos os grandes escritores trabalharam. Eles se antecipam, construindo universos para além da realidade e fizeram sonhar os outros porque se sonharam eles mesmos para além dos limites do seu corpo e daquilo que se dizia ser a sua identidade.

Cem anos depois, estamos celebrando a obra de um homem que representa um país, uma língua e uma cultura aparentemente tão distantes. É que nenhum homem é distante. Todo o homem se torna próximo na luta a favor da humanidade. Ibsen foi um escritor e um lutador. Nas suas notas na peça *A casa das bonecas* ele escreveu: "Uma mulher não pode ser ela própria nesta sociedade que se construiu como uma sociedade masculina com leis traçadas por homens e por juízes masculinos que julgam a sociedade a partir de critérios masculinos". E nós, moçambicanos, estamos olhando Moçambique como uma entidade masculina.

A nossa sociedade vive em permanente e generalizado estado de violência contra a mulher. Essa vio-

---

[1] Veículo de transporte semicolectivo que funciona como táxi em Moçambique.

lência é silenciosa (eu preferia dizer que é silenciada) por razões de um alargado compadrio machista. Os níveis de agressão doméstica são enormes, os casos de violação são inadmissíveis, a violência contra as viúvas foi já reportada em livro, a violência contra as mulheres idosas acusadas de feitiçaria e, por isso, punidas e estigmatizadas. E há mais se quisermos ilustrar este estado de agressão silenciosa e sistemática contra as mulheres: acima de 21% das mulheres casam-se com idades inferiores a quinze anos (em certas províncias esse número é quase de 60%). Este é o ciclo de vida de uma menina que nunca chega a ser mulher. Esse ciclo reproduz-se de modo a que uma menina que devia ainda ser filha é já mãe de uma menina que ficará impedida de exercer a sua feminilidade. Cinquenta e cinco por cento das meninas casadas com idades até aos dezoito anos já se tornaram mães. Cinquenta e seis por cento desses partos prematuros ocorrem sem apoio de parteiras preparadas. Por todas estas e outras razões, as mulheres dos quinze aos 24 anos são duas vezes mais susceptíveis de serem contaminadas pela Sida do que os rapazes. Estes números todos sugerem uma silenciosa mutilação nacional, um estado permanente de guerra contra nós mesmos.

Esta é a conclusão que poderemos sugerir, a fechar: um país em que as mulheres só podem ser a sua metade está condenado a ter apenas metade do seu futuro.

As outras violências*

Neste encontro iremos falar da Não-Violência no contexto do progresso social. Eu acho extremamente interessante que se abordem estes temas em Moçambique, sobretudo se o fizermos de maneira inovadora e com abertura para encontrar soluções. Existe nos nossos países — eu falo do nosso continente — uma tendência para substituir o pensamento crítico pela facilidade de apontar culpas e crucificar culpados. O mundo surge como uma coisa simplificada em que os culpados são os outros e as vítimas somos sempre nós. Esta facilidade é muito tentadora, mas é uma mentira.

A atitude de nos fabricarmos a nós mesmos como simples vítimas é uma das principais razões para os problemas de África e dos africanos. Todo o nosso discurso continua centrado na culpabilização do passado colonial e da dominação estrangeira. A culpa é sempre o Outro. Esse outro pode ser uma outra raça,

(*) Comunicação apresentada no Segundo Fórum Humanista, Maputo, 2008.

uma outra etnia, uma outra religião. Nós estamos sempre isentos de procurar dentro de nós as causas profundas dos nossos problemas.

Li há poucos dias que o governo do Zimbábue, cansado de acusar o Ocidente pelo caos que vive, passou a acusar os países vizinhos, incluindo Moçambique. Nós, Moçambique e os restantes vizinhos da África Austral, fomos acusados de aliciar os professores Zimbábuenses a saírem do Zimbábue. Existe, de facto, uma fuga dramática de professores daquele país e, apenas no ano passado, 25 mil professores qualificados fugiram do país. A verdade é que não são apenas professores que procuram o exílio. Há uma debandada geral do Zimbábue. Numa nação de 12 milhões de habitantes, 3 milhões já saíram para escapar do desespero causado por políticos irresponsáveis. A crise interna é tão grave que o Zimbábue passou de nação próspera para um país em ruínas com mais de 80% de desemprego e o recorde mundial da inflação. No entanto, para o governo zimbabuense a razão do exílio dos professores não está dentro do país, está no *complot* externo.

Este parece um caso caricato, mas todos nós praticamos, mesmo que seja inconscientemente, este procedimento de invenção de culpados e absolvição de responsabilidades.

Falaremos neste encontro de Não-Violência que é um modo de dizer que falaremos da violência. Ora eu considero que é urgente e imperioso discutir a violência em Moçambique, sobretudo por duas razões:

— A primeira razão por que a violência maior actua de modo silencioso, e das poucas vezes que falamos dela falamos apenas da ponta do icebergue. Nós acreditamos que estamos perante fenómenos de violência apenas quando essa tensão assume proporções visíveis, quando ela surge como espectáculo mediático. Mas esquecemos que existem formas de violência oculta que são gravíssimas. Esquecemos, por exemplo, que todos os dias, no nosso país, são sexualmente violentadas crianças. E que, na maior parte das vezes, os agressores não são estranhos. Quem viola essas crianças são principalmente parentes. Quem pratica esse crime é gente da própria casa.

Nós temos níveis altíssimos de violência doméstica, e, em particular, de violência contra a mulher. Mas esse assunto parece ser preocupação de poucos. Fala-se disso em algumas ONGS, em alguns seminários. A Lei contra a violência doméstica ainda não foi aprovada na Assembleia da República.

Existem várias outras formas invisíveis de violência. Existe violência quando os camponeses são expulsos sumariamente das suas terras por gente poderosa e não possuem meios para defender os seus direitos. Existe uma violência contida quando, perante o agente corrupto da autoridade, não nos surge outra saída senão o suborno. Existe, enfim, a violência terrível que é o vivermos com medo. E existe essa outra violência maior que é considerarmos a violência como um facto normal. Existe, em suma, essa terrível aprendizagem de negarmos em nós mesmos tudo que nos ensinaram como valor humano: o ser solidário com os outros, os que sofrem.

Recordo-me de que certa noite circulava por uma estrada da costa de Inhambane. Estava sozinho na viatura e não se via vivalma nas redondezas. De súbito, deparo com um corpo atravessado na estrada. Todas as normas de segurança sugeriam que eu não parasse. Podia realmente ser uma emboscada. Mas podia simplesmente ser um homem ferido que carecia de ajuda. Algo me impelia a abrir a porta e a aproximar-me do indivíduo que não parecia dar acordo de si. Uma voz dentro de mim segredava-me: passa ao lado e segue o teu caminho. Esse momento de indecisão dentro de mim foi das mais graves violências praticadas por mim contra mim próprio. "O que o medo fez de nós", pensei enquanto ajudava o pobre homem que estava simplesmente embriagado.

O que eu quero dizer é que persistem, na nossa casa colectiva, formas silenciosas e ocultas de violência que não podem ser esquecidas num debate como este. Esquecer os deveres básicos de solidariedade é uma violência, uma cobardia escondida em nome do bom-senso.

— A segunda razão por que é importante falar de violência em Moçambique resulta do facto de persistir o mito de que nós, moçambicanos, somos um povo não violento, um povo ordeiro. Esta mistificação é tão enraizada que muitos acreditam profunda e genuinamente nela. Pode ter havido dezesseis anos de guerra civil, de uma guerra cruel, violentíssima, pode ter havido tudo isso muito recentemente, mas mesmo assim ninguém retira do discurso que construímos sobre nós mesmos que os moçambicanos são um povo não violento.

Podem ocorrer linchamentos e o povo queimar e apedrejar até à morte indiciados de crimes, mas isso não afecta nada. Nós somos e seremos para sempre um "povo pacífico". Esquecemos que todos os povos do mundo são pacíficos, à partida. Os povos não são um produto genético, imutável. São produto da História. E a História pode facilmente converter os desejos de Paz em violência pessoal e social. Os moçambicanos não são especialmente ordeiros. Também não são especialmente desordeiros. São como todos os povos do Mundo: respondem com violência quando se sentem violentados.

Porque temos ideias preconceituosas sobre nós mesmos, ficamos surpreendidos e não sabemos como reagir perante as repentinas irrupções de violência. E ficamos satisfeitos, uma vez mais, em encontrar culpados. Para alguns, a emergência desses fenómenos violentos resulta apenas da mão escondida de conspiradores. Aqui está, uma outra vez, a teoria dos culpados. Essa teoria do *complot* pode, muitas vezes, ser verdadeira. Mas nem sempre os culpados são os outros.

Na realidade, um outro tópico que estamos debatendo neste encontro é chamado "progresso social". Esse assunto dava para muita discussão. Não temos tempo aqui. Mas gostaria de abordar o progresso social na perspectiva do tema central da violência. O que eu quero dizer é que, muitas vezes, o chamado progresso pode ser uma violência. Pode agir como uma agressão silenciosa contra sociedades inteiras e, sobretudo, contra os mais pobres dessas sociedades.

O escritor Bertolt Brecht dizia: "Do rio que tudo arrasta se diz violento, mas ninguém diz que são violentas as margens que comprimem esse mesmo rio". Nós falamos da reacção violenta de cidadãos pobres contra um sistema que produz pobreza. É isto que deve ficar claro.

Linchamentos são uma resposta violenta contra uma violência maior que é o crime como sistema de vida e a incapacidade de resposta do Estado perante a crescente criminalidade. O linchamento popular é o rio que transborda. A criminalidade de todos os dias são as margens que comprimem esse rio.

As manifestações contra os aumentos nos "chapas" em Maputo traduzem um desespero: não é apenas um transporte urbano que falta aos jovens. Aos nossos jovens falta um outro tipo de transporte que os leve para o futuro, que os conduza para um sonho, que garanta uma ligação com uma vida de promessas cumpridas.

O verdadeiro desespero é ficar no apeadeiro da sua actual condição. O desespero é saber que esse destino a que chamamos de futuro é comandado por entidades que deixaram de olhar para nós como seres humanos. E que um fosso progressivamente maior separa os que andam nos chapas dos que circulam em luxuosas viaturas.

Achamos inaceitável que alguém destrua os bens sociais como quem rasga as páginas de um livro. Mas talvez isso suceda porque esse livro não pode nunca ser nosso. Estamos rasgando as páginas dessa mesma Vida que nos nega a nós como seres que anseiam ser felizes. A violência de rua que vivemos em Maputo e em Chimoio não é má apenas porque é violenta. Ela é negativa porque não produz respostas de organização e de construção de alternativas sociais. Mas ela é sobretudo um sinal revelador de doença. E nós temos de curar a doença e não apenas os sintomas.

Não se trata de uma responsabilidade do governo. Existirão, certamente, questões de governação que é preciso escalpelizar. Não se pode governar um país como se a política fosse um quintal e a economia fosse um bazar. Ao avaliar um regime de governação precisamos, no entanto, de ir mais fundo e saber se as questões não provêm do regime mas do sistema e a cultura que esse sistema vai gerando. Pode-se mudar o governo e tudo continuará igual se mantivermos intacto o sistema de fazer economia, o sistema que administra os recursos da nossa sociedade. Nós temos hoje gente com dinheiro. Isso em si mesmo não é mau. Mas esses endinheirados não são ricos. Ser rico é outra coisa. Ser rico é produzir emprego. Ser rico é produzir riqueza. Os nossos novos-ricos são quase sempre predadores, vivem da venda e revenda de recursos nacionais.

Afinal, culpar o governo ou o sistema e ficar apenas por aí é fácil. Alguém dizia que "governar é tão fácil que todos o sabem fazer até ao dia em que são governo". A verdade é que muitos dos problemas que nós vivemos resultam da falta de resposta nossa como cidadãos activos. Resulta de apenas reagirmos no limite quando não há outra resposta senão a violência cega. Grande parte dos problemas resulta de ficarmos calados quando podemos pensar e falar.

Martin Luther King dizia: "Mais grave que o ruído causado pelos homens maus é o silêncio cúmplice dos homens bons que aceitam a resignação do silêncio". A vocês que recusam esse silêncio, quero agradecer por esta iniciativa.

A última antena do último insecto
— Vida e obra de Henri Junod*

Eu poderia pecar por presunção dizendo que vou falar de um colega, no sentido em que Henri Junod foi também um escritor, ainda que a sua produção literária tenha ficado por um único romance (intitulado *Zidji*) e três pequenas peças de teatro. Faço referência a esta vertente de escritor para começarmos a ter uma ideia da figura diversa e complexa de um homem que se distribuiu por variadas vocações: etnógrafo e antropólogo com uma obra extensa e profunda; entomologista apaixonado; botânico dedicado; linguista e escritor de ficção. Estas paixões múltiplas marcaram toda a sua vida. Junod foi também um pai, um marido, um homem de família.

Não posso senão confessar que eu, como todo o escritor, dificilmente resisto à tentação pela biografia. A biografia é hoje um género literário com notável sucesso porque, no fundo, nós vivemos uma era que

(*) Conferência organizada pelo governo suíço em homenagem a Henri Junod, Maputo, 2006.

apela ao individualismo. Porém, de modo contraditório, vivemos num tempo em que, em nome dessa glorificação do indivíduo, se acaba por anular a pessoa humana. Daí essa grande paixão que nós temos pela história dos outros, pela intimidade de indivíduos em permanente risco de anulação da sua individualidade.

A biografia de Junod é a história de uma vida que foi construtora de histórias de vidas. Durante séculos, missionários europeus tiveram a incumbência de escrever a História de África. Daí resultou que parte do retrato do nosso passado mais recente seja uma imagem produzida por missionários como Henri Junod. Como se fosse um caso de "vingança", nós estamos agora a escrever a história desses indivíduos que escreveram a nossa História.

Henri Junod nasceu a 17 de março de 1863 numa pequena vila da Suíça e, desde cedo, manifestou curiosidade por aquilo que se pode chamar "ciência". Esta vocação para o saber é interrompida, porque ele acaba sendo vítima de um conflito que atravessa toda a sua igreja — a Igreja Livre de Vaud — e que coloca a sua instituição em rota de colisão com a igreja oficial, a igreja de Estado. Isso introduz um momento difícil no seio de um grupo de religiosos mais radicais, mais ligados a uma certa ideia de independência religiosa e que estavam desenvolvendo aquilo que será a crise eclesiástica de 1873.

Por esta razão, o pai de Henri pensa que o filho deve seguir a carreira religiosa. O jovem Junod entra para a Faculdade de Teologia em 1881, mas é surpreendido pela morte do seu pai quando tem dezenove anos. Em 1886, quando Henri já é pastor apaixona-se pela sua prima Emilie. O seu filho e seu biógrafo, Henri Philip Junod, já naquela altura descreve Emilie desta maneira: "Trata-se de uma encantadora donzela, o contorno do rosto é suave e doce, os cabelos entrançados estão recolhidos com graça sobre a nuca, o casaco de veludo adorna-lhe o colo como cálice de uma bela flor".

A pergunta de todo o amante sofredor é sempre a mesma: "Será que ela me ama como eu a amo a ela?". Essa era, literalmente, a pergunta do jovem suíço. De facto, a resposta acaba chegando, tardia (todas as respostas amorosas chegam tardiamente). O seu biógrafo descreve assim o conteúdo da carta que traria a ansiada resposta: "Sim, afinal Emilie amava-o e desde há muito e confessava-o numa carta comovente que dissipou as nuvens negras de que o pobre Henri Junod sofria".

Casaram e três anos depois, em 1889, o casal parte para a África para se juntar ao seu cunhado Paul Berthoud, na chamada Delagoa Bay. Nessa altura, a Missão Suíça já tinha iniciado a sua presença formal na África Austral e Junod vem reforçar a acção já iniciada pelos seus companheiros da missão romana. O espírito missionário que anima estes suíços é o mesmo espírito que anima outros na Inglaterra, Alemanha e França. Contudo, esta intervenção é marcada por uma certa ambivalência: este sentido de missão pretende incentivar a colonização como algo que pode ser obstáculo à escravatura. Está presente, por outro lado, uma aliança estratégica entre aquilo que é uma potência colonial e as missões religiosas que lhe são afins. As missões portuguesas deveriam servir aquilo que era o objectivo do Estado português e que consistia na implementação de um sentimento lusitano entre as chamadas populações. Pretendia-se que os nativos "erguessem a bandeira lusitana", como referia António Enes.

A Missão Suíça, contudo, vive uma situação particular: ela não pode competir com as missões de outras potências coloniais, exactamente porque a Suíça não tem territórios coloniais. Acrescente-se que esta Igreja Livre de Vaud está, neste momento, a nascer em ruptura com o Estado suíço. Portanto, há uma situação particularmente difícil e nós vamos verificar que esta transferência para África é quase que uma salvação para a sobrevivência da missão romana. O desafio é este: para continuar a existir na Suíça, a Missão tem de se implementar fora da Suíça e encontrar nesse outro território exterior uma razão acrescida para a sua legitimidade interna.

Estes primeiros missionários deslocam-se para aquilo que é hoje a província de Limpopo do Norte, na África do Sul, para a região próxima de Tzaneen, numa pequena povoação chamada Spelonkeen, e ali se instalam. Na procura de um espaço próprio negociam com instituições religiosas já instaladas, especialmente com as missões germânicas que já ali actuavam. Há aqui uma repartição de territórios geográficos e espirituais. Contudo, o objectivo de Berthoud era encontrar uma terra virgem onde os missionários suíços se pudessem implementar. O movimento missionário suíço nasce à sombra da Missão de Paris, mas com a condição de uma dependência provisória: encontrarem uma terra de "ninguém" onde instalariam a sua área de influência e assim se emanciparem como uma missão autónoma.

Neste contexto surge a figura de João Albasini, uma espécie de cônsul de Portugal que se notabilizou como comerciante e recebeu, em terras sob o seu controlo, mais de 5 mil dos refugiados que fugiam da ocupação nguni. A Missão Suíça estabelece negociações com Albasini e este sugere a cedência de uma região na zona litoral de Moçambique para implantação dos missionários.

Quando Junod chega a Moçambique, em 29 de julho de 1889, Lourenço Marques ainda não era a capital de Moçambique e apresentava uma fisionomia que ele mesmo refere nos seguintes termos: "Como descrever Lourenço Marques? Uma faixa de coqueiros cujas copas se recortam no céu; à frente uma vila baixa, de onde não se vê senão o mar, o edifício das alfândegas pintado de azul; por detrás dos coqueiros uma colina com casas brancas de habitação [...]".

Esta era a paisagem física. Como é que o missionário descreve as pessoas que se aglomeram à sua espera?

"Os cristãos do Litoral agrupavam-se para nos receber na igreja: de um lado as mulheres numerosas decentemente vestidas cobrindo a cabeça com turbantes vermelhos; do outro os homens trajando à europeia... Ei-los, os selvagens, esses representantes das raças inferiores! Para dizer a verdade, eles possuem um ar doce e inofensivo e, desde que sejam cristãos, não serão realmente inferiores. Mais além, fora do recinto, juntam-se os pagãos, de expressão pouco aberta, quase nus. O contraste entre cristãos e pagãos é muito instrutivo [...]."

Esta era a linguagem do tempo, a forma como se olhava o Outro, o africano, e o modo claro como a religião servia de linha de demarcação entre categorias humanas.

Junod segue depois para Ricatla, a 25 Km de Lourenço Marques, onde dirige a instalação de infra-estruturas e inicia uma relação de frutuosa aprendizagem com alguns dos notáveis locais, entre os quais há um homem importantíssimo para a própria formação de Henri Junod chamado Calvin Mapope. É este Mapope que começa a ensinar aquilo que Junod ainda designa por "língua guamba", apesar de colocar este nome entre parênteses. Junod tem, na altura, dúvidas de que a língua dominante na região de Ricatla seja o mesmo "guamba" que estava sendo estudado e normalizado pelos missionários suíços em Spelonkeen.

Junod prova ser um bom aluno na aprendizagem da língua local, qualquer que venha a ser a designação adoptada pelos missionários. Seis meses depois da sua chegada ele já faz o seu primeiro sermão naquilo que viria a ser correctamente apelidado de xi-ronga.

Vale a pena determo-nos sobre a questão da língua local e sobre a forma como ela é entendida pelos europeus que necessitam desse instrumento para o seu propósito de evangelização. Quando Junod primeiro se instala na África do Sul, em Spelonkeen, depara com uma espécie de língua franca que os refugiados moçambicanos usavam e que era marcada pela presença dominante de gente proveniente de regiões bem a norte de Lourenço Marques. Essa "língua" estava a ser intensamente estudada por Berthoud para ser fixada, dicionarizada e a sua escrita padronizada. Todavia, Junod verificou que as pessoas de Ricatla não se identificavam nessa variante linguística. Encaram-na como um dialecto estranho de uma língua que era genuinamente sua. Esse sentimento de estranheza não ajudava o trabalho de Junod. Pela primeira vez lhe ocorre chamar a este idioma de "ronga".

Sem se aperceber, o suíço inicia um conflito no seio da sua instituição religiosa. Berthoud opõe-se a que se considere a língua falada em Ricatla como uma outra língua. Ele acha que a categorização de Junod não é científica e o nome "ronga" é o que os "indígenas" davam àqueles que vinham do Oriente. Do mesmo modo, os "tsongas" seriam aqueles que provinham do Sul. Em suma, estes termos referiam não entidades linguísticas mas marcos geográficos.

O ano de 1894 é atravessado pelo debate linguístico entre Junod e Henri Berthoud. Este último detende que apenas existe uma língua, o "guamba". Ele acrescenta razões práticas para não se considerar a existência do chamado "ronga". A existência de duas gramáticas iria dividir os crentes e poderia mesmo, à semelhança dos paradigmas da nação suíça, sugerir a ideia de identidades culturais distintas. Berthoud defende que "Os Ba-Ronga constituem apenas uma pequena parte da grande tribo Thonga e que este dialecto não podia crescer à custa da unidade de uma língua falada por mais de 1 milhão de indivíduos".

Todo o debate foi influenciado pelas concepções do século XIX sobre nacionalismo e o papel central da língua na definição de grupos nacionais.

Enfim, Junod está preocupado em fixar aquilo que insiste em designar de "língua ronga", idioma de um povo que ele vai chamar de tsonga. Esta postura de Junod tem algum apoio dos portugueses. Há aqui uma grande ambivalência e que se revela ora em situações de confronto ora em situações de aliança táctica. O governo português começa assim por patrocinar a primeira edição de uma gramática ronga e de um dicionário ronga. O missionário Junod redige um prefácio em que agradece este patrocínio e diz: "Vocês estão a ajudar a criar um bom entendimento entre brancos e negros apoiando a edição desta obra". Junod entende que a posição dos portugueses traduz, mais do que uma política oficial, uma inclinação pessoal e ele dedica o livro ao Comissário Régio e a Alfredo Freire d'Andrade nos seguintes termos: "Vós fostes enviados para o nosso seio num momento de enormes convulsões raciais [...]. A vossa missão é restabelecer a Paz e, se possível, reconciliar duas raças em confronto. Para chegar a este ponto vós usastes a doçura tanto quanto foi possível. Vós procurastes entender o indígena para reganhar a sua confiança por via da justiça e da bondade, junto com uma indispensável firmeza. Desejosos de favorecer o bom entendimento entre brancos e negros vós apoiastes a edição da presente obra. A vós, por esta razão, este livro é dedicado".

Em 1894, a missão em Ricatla é incendiada e muitas pessoas da missão têm de se refugiar em Natal, na África do Sul. No ano seguinte, em 1895, Ngungunhana é preso pelos portugueses e segue-se um período difícil para a Missão Suíça, que já havia feito alianças poderosas com o imperador de Gaza.

Logo a seguir à derrocada do Império de Gaza, os portugueses decidem expulsar os missionários suíços. A decisão não chega a ser aplicada, sendo revogada antes da sua implementação, graças à intervenção do conselho missionário em Lisboa. De qualquer modo, Junod acaba por vir nesse momento para a Europa. Não é expulso, antes viaja por sua própria decisão.

Reinstalado na Suíça, este homem começa a fazer uma coisa estranha para o seu estatuto: ele percorre as ruas tocando à guitarra canções do sul de Moçambique — eu imagino que ele teria sido o primeiro a cantar em ronga no frio da Suíça. E ele cantava nas pequenas vilas, nesse idioma que era incompreensível para os suíços. Era uma melodia que tinha por base a temática da resistência, era um tema de lamento do trabalho forçado dos negros moçambicanos: "Em terras estranhas, as pedras são difíceis de quebrar", assim começava o canto.

No seu país natal, Junod sente que nunca chegou a sair de África. Mais do que as canções, ele está apostado em prosseguir aquilo que é a sua investigação linguística e em aperfeiçoar uma gramática que já tinha sido editada em Moçambique. Esse compêndio foi reeditado na Suíça, em francês, com a seguinte referência na capa: "Publicada com o apoio do governo português".

Um pouco depois, em 1998, Junod é nomeado director da Escola de Xiluvane, na África do Sul. No caminho para o destino, passa por Lourenço Marques e aqui apanha uma carroça de bois que o leva para as distantes terras sul-africanas. A viajem é bastante longa (são mais de 250 Km) e ele, nos momentos de pausa, aproveita para caçar borboletas e para elaborar detalhadas descrições científicas da vegetação.

O ano de 1901 revela-se de forma trágica. Primeiro, em fevereiro, morre a sua irmã Ruth. Em julho, Emilie, sua mulher, morre quando está grávida. É sepultada em Xiluvane. Com quarenta anos, Junod volta para a Suíça e ali, dois anos depois de ter ficado viúvo, anuncia o seu noivado com Hélène Kern, de 28 anos. Hélène é missionária, já tem experiência de África, com estadas em outras regiões do continente africano. Esta mulher vai desempenhar um apoio fundamental para a vida futura do Henry Junod; é uma pessoa que tem um amor profundo por África. É uma companheira que o encoraja naquilo que será a entrega de uma vida inteira e que irá ocorrer em condições de crescente dificuldade: separados de seus filhos, separados de sua terra natal, em circunstâncias extremamente precárias.

Um ano depois de casado, volta outra vez para África. No barco que o transporta para África ele escreve em tom poético: "Eu sou como um rio, um grande rio e contam-se às centenas de milhares aqueles que bebem das minhas águas e dos meus afluentes. Contudo, estes rios são cobertos da obscuridade pagã. Este povo sofre e não tem esperança".

Ainda no barco, ele volta a elaborar sobre a situação da África do Sul. Nesses textos de reflexão se desenham os contornos preliminares daquilo que irá ser a ameaça do regime do apartheid. Ele diz: "O destino dos negros preocupa-me". O missionário está preocupado que esta situação possa levar a uma resposta violenta contra a violência, a uma revolução radical. Junod escreve: "Os negros agitam-se para conquistar os seus direitos, querem emancipar-se e tenho a impressão de que isto não se está a processar em condições saudáveis. O indígena aspira assimilar a cultura europeia e, mesmo correndo o risco de não ser mais do que uma caricatura, a assemelhar-se ao branco que o venceu. O governo inglês, tal como o missionário inglês, não toma em linha de conta a verdadeira natureza do indígena, encoraja-o na imitação servil, o que fará perder a sua originalidade e dissolverá o seu carácter".

Esta anotação revela uma das grandes preocupações de Junod: ele aspira a que os bantus se preservem naquilo que ele acha que é a "essência" dos negros. Mais tarde ele irá manifestar-se contra a mestiçagem, a favor da "pureza" da tradição intocada. O missionário mantém uma difícil relação com a modernidade. Por um lado, celebra a vantagem do chamado progresso e, por outro, acha que a modernidade agride irreversivelmente as características "genuínas" dos indígenas.

Entretanto, Junod é transferido de Xiluvane para Ricatla. Ao voltar para Moçambique faz amizade (e isto é muito curioso) com um militar português, que foi um dos dirigentes da campanha chamada de "Pacificação" para acabar com o Império de Gaza. Este português é Freire de Andrade que, além de militar de carreira, é geólogo, uma pessoa fascinada pela botânica, e que escreve livros sobre paleontologia. O suíço e o português encontram-se naquilo que seria a sede da Missão Suíça, na actual avenida Eduardo Mondlane, no cruzamento com a Vladimir Lenine. É possível imaginar que estes dois homens tenham desenvolvido debates interessantes, até porque, na altura, se começa a tornar clara uma oposição do governo colonial português em relação a qualquer tipo de ensino que não seja feito exclusivamente em português. Contra esse argumento, Junod propõe uma espécie de cartilha linguística que define três estágios. O primeiro estágio, o estágio vernacular em que os jovens aprendem só a sua língua materna. Depois, um segundo estágio, que ele designa por anglo-vernacular, em que aprendem a língua materna e o inglês, e finalmente o estágio da aprendizagem apenas em inglês. O modelo de Junod tinha sido pensado para a situação da África do Sul, mas era aplicável, *mutatis mutandis*, à situação de Moçambique, substituindo-se o idioma inglês pelo lusitano.

Podemos verificar que, no fundo, as actuais concepções do ensino das línguas em Moçambique já tinham sido defendidas por um missionário suíço há mais de cem anos. A ideia de Junod, repare-se, não contemplava tanto a eficácia do processo de ensino, mas a preservação da chamada "alma indígena" em estado não contaminado. O regime português, em contrapartida, pretendia, sobretudo, criar portugueses de pele escura e converter o indígena num cidadão português.

Estamos, pois, perante uma guerra de invenções de identidades. De um lado, a construção missionária protestante que aponta numa chamada "identidade tsonga". Do outro, a construção luso-católica que aposta na chamada "identidade portuguesa". A verdadeira resposta histórica a este debate de construções fictícias surgiria muito mais tarde com o nascimento do nacionalismo moçambicano, de que os herdeiros da Missão Suíça de Junod não serão de todo alheios.

Em 1910, sucede uma nova estada na Suíça. Nessa estada, Junod concebe o romance *Zidji*. Escreve de pé e com uma entrega que é descrita nestes termos: "pena na mão, tinteiro de tinta violeta, tão absorto que ele ia sujando de tinta os cabelos já brancos para desespero da sua esposa [...]".

Em 1911, publica a primeira versão de um livro que irá marcar a história da antropologia: *Life of a South African Tribe* (*Usos e costumes dos bantu*). A edição do livro revela a sua obsessão em corrigir a realidade, em "purificar" os sinais da assimilação cultural. Quando prepara as fotografias que ilustrarão os seus trabalhos, Junod acaba praticando alguma deslealdade para com o registo real. É preciso dizer que, nessa altura, os moçambicanos já trabalhavam nas minas do Rand e, portanto, já assumiam um porte europeu, já se vestiam e apresentavam de outra maneira. Junod depura essas fotografias para ilustrar aquilo que ele considera que é "o negro no seu estado bruto e puro". Existem cópias das duas versões de fotografias em que Junod praticou uma operação de cirurgia para falsear as imagens. Numa fotografia tirada por Junod pode-se ver um homem apoiado numa cadeira. Mas a cadeira é um símbolo de modernidade que atrapalhava o missionário. Por isso, Junod simplesmente "limpou" a imagem da fotografia e reproduziu-a sem esse artefacto.

Em 9 de outubro de 1914, já de novo em Moçambique, nasce Étienne Alexandre Junod, que está aqui presente nesta sala e a quem saudamos calorosamente. A 30 de março desse ano, morre sua esposa Hélène. Na cerimónia fúnebre, em Ricatla, Junod escreve uma espécie de declaração íntima de pertença a um lugar: "É estranho que eu me sinta feliz que a minha esposa fique a repousar aqui e não entre os brancos da cidade. Na verdade, Hélène pertence ao mundo dos negros, era isso que ela mais amava". Na campa, figura uma inscrição em ronga — *Lirandzu a li lalheki* ("O amor não termina mais").

A 9 de setembro de 1921, Henri Junod volta para a Europa. Instalado em sua velha casa, ele conserva um móvel cheio de colecções de borboletas — uma dessas colecções foi doada ao nosso Museu de História Natural, em Maputo. No armário onde Junod guarda não apenas insectos mas sementes e búzios está gravada a seguinte inscrição: *A terra está cheia de riquezas*. Nessa altura, em Genève, volta a encontrar o seu velho amigo português, o general Freire d'Andrade, onde acontece outro episódio revelador das ambiguidades a que já antes fiz referência. Em 1921, o suíço ajuda o seu velho amigo militar na defesa da política colonial portuguesa junto da Sociedade das Nações.

Nos anos 1920, prossegue o seu trabalho intelectual, dando sequência às suas variadas pesquisas, dá aulas, publica uma série de obras. Em 1923, publica as suas peças de teatro: *A deitadora de sortes, As atribulações do velho Nkoleli, O homem do grande cutelo*. A presença de África é sempre bem vincada, mesmo quando Junod dramatiza ou ficciona.

Os textos confirmam uma concepção profundamente ambígua sobre os africanos. Numa ocasião refere o seguinte: "Os indígenas (da África do Sul) perderam a sua independência... mas não sou desses idealistas que se indignam. Para mim, a África do Sul,

Estado moderno e civilizado, não pode deixar a sua soberania nas mãos de povoações semiprimitivas e incultas". Ao mesmo tempo, declara-se defensor incondicional da população mais pobre e oferece a sua própria igreja como instrumento de luta contra as injustiças praticadas por um sistema que ele ajudou a construir. O seu lema é: "Estou disponível para novas ideias".

Em 1925, recebe na Suíça a visita do seu velho amigo, o pastor Calvin Mapope. Visitam a catedral de Lausanne e Junod comenta: "Nunca o nosso reformador Viret ao declarar a Reforma nesta catedral previu que um negro pudesse ser um pregador. A presença de Mapope é uma ilustração desta bela jornada e do poder do evangelho de Jesus. Há 35 anos ele foi o meu mestre na língua indígena. Na altura, eu nunca podia imaginar que viria a estar com ele aqui, nesta catedral".

De 1928 a 1932 dá aulas e continua a publicar. A semanas do final de sua vida, Junod dirige-se à Conferência Mundial para o Desarmamento com o objectivo de pedir a supressão da aviação militar em todo o mundo.

Morre a 22 de abril de 1934. As últimas palavras que deixou escritas foram: "Hoje tive dificuldade em recolher uma antena de um insecto...". Não posso deixar de recordar as derradeiras palavras de Fernando Pessoa pedindo que lhe passassem os óculos. Afinal, a mesma inquietação de quem quer enxergar para além do derradeiro escuro.

Despir a voz*

Há duas semanas, neste mesmo lugar, Gilberto Mendes lamentou a incultura da nossa elite. Gilberto queixou-se de pessoas politicamente mediáticas que apenas saem de casa para assistir às sessões de gala do Grupo Nacional de Canto e Dança. Não vão ao teatro, não lêem livros, não frequentam os locais de cultura e arte.

É triste esta sistemática abstinência. Mas eu devo dizer que esta ausência não sucede apenas no nosso país. Na realidade, não se trata de uma falha de um dado governo. Estamos perante uma estratégia de fabricação da "tradição" (daquilo que é construído como sendo a tradição) como a única representação genuína e verdadeira da cultura nacional. Ao eleger a "tradição" como única medida da nossa identidade está-se a fazer exactamente aquilo que é o alerta deste

(*) Intervenção no debate *Não matem a cultura, não matem Craveirinha*, numa mesa redonda com a rapista Dama do Bling e o jornalista Tomás Vieira Mário, Maputo, 2008.

acontecimento: está-se a matar a cultura. Porque toda a cultura vive da sua própria diversidade. A cultura diz-se sempre no plural.

Fala-se muito de Moçambique como mosaico multicultural mas, no fundo, constantemente nos fazem lembrar que a única raiz da nossa moçambicanidade é a tal tradição. Ora essa mesma tradição é muito curiosa: por um lado, ninguém a sabe definir exactamente. Por outro, ela está em constante movimento, e parte daquilo que hoje é visto como tradição já foi, em tempos passados, uma irreverente ousadia. As primeiras mulheres a usarem capulana[1] no nosso país devem ter sido olhadas como provocadoras sem respeito pelos costumes e pela moral tradicional. Aconteceu o mesmo com a marrabenta[2]. E hoje capulana e marrabenta são incorporadas como emblemas da nossa tradição.

Há um jovem sociólogo moçambicano, chamado Patrício Langa, que escreveu o seguinte: "Ninguém é mais ou menos moçambicano por tocar aquilo que toca. Todos podemos nos moçambicanizar no que fazemos, todos podemos moçambicanizar o que fazemos. A música não é uma excepção. Não suportaria viver num país em que se escutasse apenas a música de José Mucavele, por mais moçambicana, moral e politicamente correcta que fosse, por mais educada e

[1] Pano estampado usado pelas mulheres em Moçambique.
[2] Ritmo musical nascido, nos anos 1950, nos subúrbios da capital moçambicana.

etnomusical que fosse. Tenho verdadeira fobia da pretensão do que se apresenta como 'genuíno' ou como "autêntico". Foi essa pretensão que criou os nazismos, foi essa pretensão que criou Mobutus com suas ideias de autenticidade africana. Não queremos mais produtores de identidades assassinas".

Na realidade, o poder tem toda a conveniência na construção tradicionalista e na eleição do folclore como sua cultura oficial. Em nome dessa tradição se pode descobrir, de repente, que, afinal, a democracia não é uma coisa tipicamente africana. Em nome da tradição se pode justificar a obediência cega e a indistinção entre o que é património público e propriedade dos chefes.

Os jovens urbanos de Moçambique têm um papel decisivo no sacudir desta inércia e na produção de novas ideias e novas formas de nos representarmos a nós mesmos. O que Patrício Langa está fazendo com a sociologia é algo que se espera que outros jovens façam na sua esfera de acção. Muitos jovens têm cumprido esse papel com coragem enfrentando, muitas vezes, a crítica severa e a inveja provinciana que fazem uso de tudo para impedir a mudança.

Falamos hoje de fenómenos globalizantes, e o *rap* e o *hip hop* nacionais (de que a Dama do Bling é uma notória representante) são um bom exemplo desses fenómenos. Em Moçambique, estas correntes nasceram da imitação do que é de fora, acabando por ganhar contornos moçambicanos. Dizem que isto se chama globalização, mas eu peço licença à assembleia para me dispensar de usar a palavra, porque se trata de um termo tão estafado que eu atingi já uma irreversível saturação. Globalização, desenvolvimento sustentável e outras que seria politicamente incorrecto nomear agora são expressões que, de tanto serem ditas, já não querem dizer coisa nenhuma.

Muitas vezes nos queixamos de que os jovens de hoje vivem uma cultura de imitação. Mas os jovens de ontem também o fizeram. E isso sucede em todo o mundo, em todos os tempos. Eu também já imitei e creio que quase tudo começa por via da inspiração de modelos exteriores. A minha geração imitava os Beatles, os Rolling Stones, o Elvis Presley, o Otis Reding, a Aretha Franklin. O melhor modo de criar um estilo próprio é receber influências, as mais diversas e variadas influências. Não se pode, em nome da pureza africana (ou de qualquer outra inventada pureza), fechar portas a outras vozes do mundo. Muito do que chamamos de "genuinamente africano" nasceu da troca cultural com outros continentes. Actualmente, essa troca é mais rápida e mais eficaz que nunca. Mas ela sempre existiu, a globalização começou com o primeiro homem.

Por estranho complexo de inferioridade, estamos sempre receosos de que os outros nos venham influenciar. E não reparamos no movimento inverso. Hoje, os maiores escritores ingleses são oriundos da Ásia, a maior fadista portuguesa vem de Moçambique e uma das maiores cantoras de flamengo espanhol é uma negra da Guiné Equatorial. E ainda um dos renomados toureiros portugueses chama-se Ricardo Chibanga.

Certamente o *rap* e o *hip hop* tiveram origem em África e agora estão regressando, alterados e americanizados. Nos Estados Unidos, o *rap* e o *hip hop* nasceram da contestação política e social do sistema norte-americano. As suas letras constituíam, nesse tempo, uma crítica radical com preocupações sociais profundas. A indústria discográfica alterou profundamente esse carácter irreverente do *rap*. Recuperou as músicas, esvaziou as letras, mascarou os artistas e substituiu a crítica social por um estereótipo feito de adereços exteriores. A imagem agressiva e intimidadora das *gangs* de rua passou a ser a sua marca dominante. A celebração da violência e do dinheiro fácil passou a ser constante. As mulheres passaram à categoria de *bitches* e *hos* (as duas palavras querendo dizer "prostitutas") e os homens converteram-se em *niggers* e *dogs*. A poesia das canções degradou-se na rima fácil que coisifica a mulher, glorifica a violência e impõe uma imagem distorcida dos jovens negros dos Estados Unidos.

O que aconteceu aos *rappers* originários? Na realidade, sobreviveram algumas vozes contestatárias, como é o caso da bela Lauren Hill, que, nas suas letras, continua a brigar por causas sociais. Mas esses casos deixaram de aparecer na TV. O novo *rap* tribal das *gangs* tornou-se absolutamente hegemónico, como se fosse a única música que os jovens americanos produzem. Não sou grande telespectador. Mas eu nunca vi um videoclipe que mostrasse a vida e a luta dos pobres norte-americanos, nunca vi um videoclipe que mostrasse o trabalho quotidiano desses milhões de trabalhadores que constroem a nação americana. A maior parte desses videoclipes é uma encenação de vida fácil, com orgias de jovens com ar violento rodeados de meninas pouco vestidas, celebrando junto a carros e piscinas luxuosas, com a rapaziada bebendo e dançando o tempo inteiro em exibição de curtição permanente.

Eu sei que a Dama do Bling juntou muita queixa daquilo que disseram e fizeram com ela. Contudo, os autores de outros tipos de música têm razões fortíssimas para se sentirem ainda mais discriminados. Na verdade, a Dama do Bling apostou numa corrente que hoje domina em absoluto o mercado e monopoliza as audiências televisivas. É muito raro ver ou ouvir representantes de outros géneros musicais nas estações televisivas e radiofónicas. Contam-se pelos dedos das mãos as vezes que se dá espaço a vozes como a Mingas, o Wazimbo, o Roberto Chitsonzo e outros.

Comecei esta intervenção referindo como certas elites se esforçam para que exista apenas música tradicional. A mesma operação redutora e castradora da diversidade sucede nos canais do tipo MTV que pretendem reduzir a música negra americana ao *rap* e ao *hip hop*. A mesma operação redutora existe nas rádios africanas que privilegiam a chamada música dançável, a música dos DJ's e das pistas de dança, em desfavor de grandes talentos do nosso continente. Quantas vezes se dá espaço televisivo a cantores como Salif Keita, Ismael Lo, Lokua Kanza, Sally Nyolo? Não estamos ficando todos mais pobres com esta silenciosa censura?

E cheguei à palavra "censura", porque ela suscita apetites que podem realmente matar a cultura e matar Craveirinha. Há quem debata sobre se devemos aceitar que haja censura na nossa comunicação social. Pois eu digo: essa censura já existe. Ela existe e é praticada contra as pessoas que querem fazer outros tipos de música. Quem não tiver um corpo bonito, ou quem não estiver disposto a se rebolar perante as câmaras arrisca-se a ficar de fora. Mesmo que tenha talento musical e dotes vocais extraordinários, esse músico fica excluído.

No jornal de ontem, no suplemento cultural do *Notícias* havia uma peça inteira sobre o espectáculo de dança chamado *Solo para cinco*, em homenagem a Augusto Cuvilas. Ao que parece (eu não vi a peça) existe demasiada nudez naquele bailado. O jornal cita três depoimentos. Um diz o seguinte: "Esta peça põe em perigo os valores culturais moçambicanos", sendo esta a opinião de um responsável de uma associação cultural. Um artista diz o seguinte: "Não quero censurar nada mas quem escolheu esta peça não é dos nossos. A cultura moçambicana jamais evoluirá para a nudez e as pessoas têm que aceitar os nossos valores". A terceira opinião é de um responsável do governo e diz: "Esta peça e um atentado contra a nossa integridade cultural... Não estamos fechados ao exterior mas na cultura temos que ser inalienáveis".

Estamos perante algo que é sensível e que poderíamos designar por uma atitude de pudor. E aqui temos todos que assumir, de um e de outro lado, algum cuidado para não extremarmos posições e desvirtuarmos o debate. Recordo-me que logo após a Independência fui detido, porque circulava de braço dado com a minha esposa. Para os soldados que me detiveram o que eu fazia era uma imoralidade. Hoje, felizmente, os jovens namoram na rua sem serem incomodados. Mas para não sermos incomodados devemos estar certos de que não incomodamos os outros. A provocação gratuita pode ajudar a dar razão aos que defendem a via da censura e da repressão.

Precisamos de tempo e de digerir criticamente aquilo que é novo. Não há que ter pressa nestes assuntos. Contudo, não podemos contemporizar com a moralidade feita de hipocrisia, que tem pressa em denunciar os excessos femininos mas que demora em denunciar a violência machista. E que demora a denunciar as violações de meninas e mulheres, a violência doméstica que faz muito mais vítimas que as danças eróticas da TV. A letra de Maboazuda é, porventura, muito mais ofensiva que todas as danças atrevidas de todas as rapistas juntas.

É preciso que os defensores do puritanismo se lembrem do caso de Zaida Chongo e se recordem da extraordinária manifestação popular que foi o funeral desta cantora. Está aqui um sinal, um aviso de que é muito perigoso falar em nome de uma cultura idealizada. Imaginem que eu visitava os quadros de Naguib ou do Idasse ou do Malangatana munido desse preconceito bacoco contra a nudez. Quantas exposições de pintura os censores teriam de proibir?

A ideia de que a globalização é que traz imoralidade é muito perigosa. A imoralidade não precisa de vir de fora. Ela já mora dentro de nossa sociedade, mora mesmo naquilo que outros tentam apresentar como a nossa pura tradição. Não é preciso globalização para que comece a ocorrer a violação de menores. Não é preciso globalização para que ocorram a violência doméstica e a agressão contra mulheres.

Em conclusão: é necessário retirar o debate sobre a música do terreno do falso moralismo para o centrar no debate da qualidade da arte. O que é preciso saber é se aquilo que as rapistas moçambicanas produzem é realmente válido como obra de arte e não apenas como produto de mercado e de sucesso de audiência.

O artista ou a artista pode dançar e expor o seu corpo se isso corresponder a uma comunicação criativa e não a um espectáculo de exibição gratuita dos seus dotes corporais. Digo mais: um artista ou uma artista pode, nesse contexto, fazer da nudez uma arte. A única coisa, porém, que se espera que um cantor saiba realmente despir é a sua voz.

Luso-afonias —
A lusofonia entre viagens e crimes*

Aviso prévio

Comecemos por um aviso prévio. Falo de um equívoco básico que é acreditar que um escritor tenha, pelo simples facto de lidar com a escrita, competência para falar da língua. Ora o escritor usa uma língua dentro da língua, uma pátria que ele inventa não para viver mas para sonhar. Ele não se serve da língua, o criador literário é inventado pela língua. O que ele sabe são ignorâncias, ele é um especialista em ausências e silêncios.

Disse alguém que só existem dois assuntos sobre os quais o escritor tem autoridade para falar: viagens e crimes. Ora, é suposto eu vir falar-vos sobre a língua portuguesa em Moçambique. O tema parece distante dos dois motivos que credenciam o autor para o texto e para a fala. Veremos, no entanto, que em certo ângulo de miragem, tudo isso está próximo, bem mais próximo do que poderíamos imaginar.

(*) Oração de Sapiência na Universidade de Faro, 2001.

A língua como viagem

Na última viagem que fiz de avião entre Moçambique e a Europa uma ideia me ocorreu. E era a seguinte: nos nossos dias, já não há viagem. Deslocamo-nos, apenas. Embarcamos num continente para, horas depois, ganharmos destino num outro mundo, a distâncias atingíveis por números, mas não por humano entendimento. A viagem, essa antiquíssima epopeia, com os seus desconhecidos meandros, os seus ritmos e presságios, essa viagem morreu. A velocidade que possibilita a deslocação acabou matando a viagem.

Com ela se extinguiu a transição pausada entre gentes e lugares, essa travessia que convoca travessias das nossas próprias paisagens interiores. A viagem obriga-nos a sermos outros, a descentrarmo-nos, a deslocarmo-nos para fora de nós. A viagem implica a disponibilidade para nos diluirmos, a vontade de sermos apropriados por outras almas.

A pergunta que aqui caberia fazer era: o que tem a viagem a ver com o tema que me proponho abordar?

Sim, as línguas são as mais poderosas agências de viagens, os mais antigos e eficazes veículos de trocas. Sendo maioritariamente uma língua dos outros, o português em Moçambique é uma língua de migração, um veículo com que saímos de nós e viajamos para dentro de uma nova cidadania.

O sim do não

Nas zonas rurais onde trabalho existe uma curiosa maneira de responder às perguntas formuladas por um estranho. Sobretudo se essas questões solicitam a dicotomia do "sim" e do "não". Resolve-se da seguinte maneira: responde-se sempre sim. O "não" simplesmente não se diz.

Esta forma de retórica (ou melhor, esta ausência de retórica) traduz a nossa condição geográfica: somos já o Oriente. Não negar é uma educação. Mas esta elegância de trato cria, por vezes, problemas aos que necessitam de respostas claras e concisas. É o meu caso quando chego a uma zona litoral e necessito de organizar o meu trabalho. À minha pergunta:

— *A maré está a subir?*

A resposta já aconteceu assim:

— *Está a subir, sim, senhor, mas já começou a descer há mais de duas horas.*

Outras vezes, quando a minha intuição me dá garantias de boletim meteorológico, avanço:

— *Amanhã vai chover!*

Recebi, por vezes, a seguinte resposta:

— *Vai chover, sim, senhor, mas a chuva, essa, só vai começar a cair na próxima semana.*

Uma outra vez, tendo por missão identificar a fauna numa floresta, perguntei a um velho que me acompanhava:

— *Isto que está a cantar é um pássaro?*

— *É, sim.*

— *E como se chama este pássaro?* — quis eu saber.
— *Bom, este pássaro, nós aqui em Niassa não chamamos bem-bem pássaro. Chamamos de sapo.*

Num balanço da aplicação do lema de governação *Por um futuro melhor* a Televisão de Moçambique fez um inquérito popular. A pergunta era: "Sente que a sua vida está a melhorar?". Um cidadão respondeu assim: "Está a melhorar, sim, senhor. Mas está a melhorar muito mal".

Estou evocando estas lembranças para dar contexto à pergunta que norteia toda esta minha intervenção. E a questão é: Moçambique é um país lusófono? Tomando a lógica rural eu responderia, pronto e ligeiro: é, sim, senhor. Mas sei que há outras lógicas que mandariam que eu dissesse: "Não, Moçambique não é um país lusófono".

Na realidade, as duas respostas estão certas. Para explicar como o "sim" e o "não" se podem acomodar na mesma cama, eu devo falar sobre algo da história de Moçambique e da relação dos moçambicanos com a língua portuguesa.

Meandros de um rio por inventar

O português moçambicano — ou ainda, nesta altura, o português em Moçambique — é ele próprio um lugar de conflitos e de ambiguidades. A adesão moçambicana à lusofonia está carregada de reservas, aparentes recusas, desconfiadas aderências. O que eu gostaria de mostrar aqui é que esse caminho em ziguezague não resulta de capricho dos dirigentes, mas de ambivalências da História.

Em 1975, ano da Independência Nacional, mais de 60% dos moçambicanos não falava português. Vinte e cinco anos depois existem ainda 40% de moçambicanos que não falam português. Mesmos os que têm essa competência fazem-no como segunda língua. Apenas 3% dos moçambicanos têm o português como língua materna.

O meu país é um território de muitas nações. O idioma português é uma língua de uma dessas nações — um território cultural inventado por negros urbanizados, mestiços, indianos e brancos.

Sendo minoritário e circunscrito às cidades, esse grupo ocupa lugares-chave nos destinos políticos e na definição daquilo que se entende por moçambicanidade.

Esse é o Moçambique lusófono. Esse é o país que se senta nos fóruns que decidem sobre a lusofonia. Os outros moçambicanos das outras nações moçambicanas correm o risco de ficar de fora, afastados dos processos de decisão, excluídos da modernidade.

A política portuguesa em África foi orientada no sentido de fabricar uma camada social — os assimilados — capaz de gerir a máquina do Estado colonial. Os candidatos a assimilados deviam virar costas à sua religião, à sua cultura, às suas raízes. Uma das fronteiras entre os chamados civilizados e os não civilizados (os denominados indígenas) passava pelo domínio da língua do colonizador. A administração portuguesa aceitava conceder o estatuto de cidadãos de segunda classe a estes portugueses de pele preta, na esperança de que eles se viessem a tornar os futuros reprodutores da instituição colonial. Estava-se forjando a ordem colonial dos nossos dias — um colonialismo indigenizado, um colonialismo que dispensa colonos.

Conto-vos agora uma pequena história. Fala-vos de um jovem camponês chamado Eduardo Chivambo Mondlane. Este criador de cabras foi levado para os Estados Unidos onde se formou em Antropologia. Em 1961, Eduardo Mondlane regressava a Moçambique como funcionário das Nações Unidas. O regime colonial já reconhecera o perigo que representava esta figura pública. Mas o governo não podia impedir a sua entrada em Moçambique.

Pois nessa noite, na noite em que chegou a Lourenço Marques, estava convocado um comício na Associação dos Negros de Moçambique. Ali se aglomeraram milhares de pessoas para escutarem a palavra libertadora daquele que era esperado como um Messias. Mondlane deveria falar numa varanda de um velho edifício que se abria para a praça repleta de gente.

Quando se dirigia para o varandim, agentes da Pide chamaram-no à parte e disseram-lhe: podia usar da palavra, sim, mas não podia falar de política, não podia falar de pobreza, não podia referir nada sobre o povo de Moçambique nem o que se passava em África. A lista das interdições era tão extensa e rigorosa que pouco ou nada restava para ser dito.

Mondlane, mesmo assim, encaminhou-se para a varanda e no seu rosto era visível essa procura do que dizer. Então, contou a seguinte história: "Certa vez um caminhante foi recebido por uma família rural que lhe ofereceu abrigo e repouso antes de prosseguir viagem. Ao fim da tarde, o anfitrião conduziu o viajante ao quintal e mostrou a criação na sua capoeira. Entre as galinhas havia, estranhamente, uma águia. Perdera o seu porte real, anichada (ou agalinhada) num canto, piando como galinha e debicando grãos de milho no chão. O viajante ficou impressionado com a visão daquela ave tão nobre, ali despersonalizada como se fosse apenas uma entre muitas galinhas.

— *Ela acredita ser uma galinha* — explicou o dono da casa.

De noite, o viajante não tomou sono, assaltado por aquela impressão que lhe causara a visita ao galinheiro. E de madrugada, muito cedo, já ele entrava na capoeira e, pegando na águia, a conduziu para o descampado. Lançou a ave nos ares enquanto incitava:

— *Voa, tu és uma águia.*

E a ave, sem jeito, se despenhava no chão. Repetiu a tentativa várias vezes. Sem resultado. Até que foi parar a um desfiladeiro. Então, segurando o pássaro num braço, se abeirou do abismo e lhe repetiu:

— *Voa, tu és uma águia.*

E de um sacão lançou o bicho no vazio do precipício. Então, a águia iniciou um esplendoroso voo e venceu as alturas, cruzando o horizonte para além de si mesma".

* * *

Esta foi a história de que Mondlane fez uso. Esta narrativa não seria da sua autoria, mas isso pouco importa. Para mim, enquanto escritor, o importante é a habilidade de recorrer a um conto, a uma pequena fábula para fazer suportar o pensamento. E esse é um traço da oralidade que é um sistema de pensamento ainda dominante no meu país.

Muito mais que uma questão linguística nós estamos perante a ameaça de extinção deste universo da oralidade, de toda essa cultura que sobrevive à margem da escrita.

O que deve ser retido aqui, porém, é o seguinte: para Eduardo Mondlane o mais simples teria sido falar em shangana, a sua língua materna e a língua dominante na capital. Mas ele queria mostrar que estava falando para todo o Moçambique, a nação futura com suas múltiplas línguas. E por isso falou em português. Naquele momento esboçava-se a opção que, um ano mais tarde, seria confirmada no Primeiro Congresso da Frelimo.

Entre dúvidas e desconfianças

O lugar e o papel da língua portuguesa como língua oficial foram debatidos, em 1962, nesse primeiro congresso do movimento nacionalista. A maior parte das actas — incluindo a decisão de adoptar o português como língua oficial — foram redigidas em inglês. Alguns dos quadros com formação escolar tinham estudado nos países vizinhos. O português é adoptado não como uma herança, mas como o mais valioso troféu de guerra. Se a adopção do português foi um acto de soberania, já a criação da lusofonia não resultou de iniciativa própria de Moçambique.

A condição desta nossa família linguística parece ser esta: todos aceitaram vir ao baile, mas a música é emprestada de uma outra festa. Desde sempre, estivemos perante um processo de dúvidas e desconfianças, avanços e recuos nesta invenção de uma família linguística. Há uns dez anos, Moçambique levantou objecções sobre o modo como se olhava o idioma como elo. A designação de "países de língua oficial" nasce dessa controvérsia. Daí aquele desgraçado nome de Palops. A não menos infeliz sigla de CPLP é também resultado dessa briga familiar (*CPLP: faltam vogais nesta sigla e as vogais, sabemos, são o açúcar da fala*).

Afinal, tinha ainda passado pouco tempo da descolonização. E aqui é preciso adequar o sujeito ao verbo. Não foi Portugal que descolonizou os países africanos. A descolonização só pode ser feita pelos próprios colonizados. E nós todos éramos colonizados. Descolonizámo-nos uns aos outros, uns e outros. Tinha, enfim, passado pouco tempo sobre essa ruptura. Era natural que se perguntasse: quem é o patrão desta ideia? Obviamente, os países africanos não se podem reclamar da lusofonia de igual maneira que os portugueses e os brasileiros.

Certos sectores da política portuguesa entraram em pânico com a adesão de Moçambique à Commonwealth. O que se passava? Os moçambicanos haviam traído a sua fidelidade ao idioma luso?

As reacções de algumas facções foram de tal modo excessivas que só podiam ser explicadas por um sentimento de perda de um antigo império. A exemplo da síndrome do marido traído que, não reconhecendo autonomia e maioridade na ex-mulher, sempre se pergunta: com quem é que ela anda agora?

(*Moçambique andaria com o inglês. E ainda por cima que mau gosto, logo um inglês, com todos os fantasmas históricos que isso comporta. E aqui poderia estar, oportunistamente, uma outra linha de ficção policial. O crime, neste caso, poderia ser de adultério.*)

Na realidade, as autoridades moçambicanas não mudaram a sua política linguística e o português permanecia na sua condição de língua oficial e unificadora. Fala-se hoje mais português em Moçambique que se falava na altura da Independência. O governo moçambicano fez mais pela língua portuguesa que os quinhentos anos de colonização. Mas não o fez por causa de um projecto chamado lusofonia. Nem o fez para demonstrar nada aos outros ou para lançar culpas ao antigo colonizador. Fê-lo pelo seu próprio interesse nacional, pela defesa da coesão interna, pela construção da sua própria interioridade.

A lusofonia, essa que se quer que venha a ser nossa, não pode ser olhada como qualquer coisa em função de Portugal, ou de interesses de grupos portugueses. Engrandecer o lugar do antigo colonizador pode ser, afinal, uma posição de colonizado. Esse projecto só pode valer se ele nos ajudar a construir o futuro, se for uma ideia produtiva. E no nosso caso, a condição produtiva da ideia será resolvida dentro de Moçambique. A língua portuguesa não é ainda a língua de Moçambique. Está-se exercendo, sim, como a língua da moçambicanidade.

Necessitamos de uma política da lusofonia, porque não somos ainda lusófonos. Quem é não precisa de proclamar o ser. Quem é, simplesmente é. Wole Soynka diz: "O tigre não precisa de proclamar a sua tigritude. Salta sobre a sua presa e exerce-se tigre".

Parafraseando o português Eduardo Lourenço, a questão não é quanto os moçambicanos falam português mas quanto os moçambicanos são falados pelo português. E esse processo de apropriação recíproca está apenas começando.

Todos vocês, aqui, amam a vossa língua enquanto língua materna. Outros milhões de moçambicanos amam, com igual direito, as suas línguas maternas. Que são outras, que não o português.

Para que o projecto da lusofonia funcione em Moçambique, ele deve apoiar a defesa de outras culturas moçambicanas. Essas culturas e línguas de raiz bantu necessitam de sobreviver perante a hegemonia de uma certa uniformização. Mas essa sobrevivência não decorrerá do facto de realizarmos *workshops* e levantarmos bandeiras nostálgicas do passado e da tradição. Alguns idiomas de Moçambique extinguir-se-ão, e esse destino tiveram e continuam tendo milhares de outras línguas. Sobreviverão as línguas que estiverem na dinâmica da nossa própria modernidade, aquelas que souberem cruzar-se com o tempo, mestiçar-se com o português. E com o inglês. E com todas as línguas. Na medida em que estiver apta para esses namoros, a lusofonia será viável. Como no mundo biológico, ela será viável se for fértil.

Fique ressalvado, porém, um segundo aviso. Nós corremos, dentro de Moçambique, o mesmo risco que a diversidade cultural do planeta corre perante a cultura dos hambúrgueres e da Coca-Cola. E aqui, meus senhores, aqui pode estar o tal crime que ando procurando para tema.

A minha pátria é a minha língua portuguesa

Na minha infância acreditava ser gato. Eu não pensava; eu era um gato. Para testemunho deste delito de identidade, meus pais guardam provas documentais: fotos minhas comendo e dormindo entre os bichos. Fui ensinado a afastar-me do gato que desejava tomar posse de mim.

Depois me inventei outros bichos. Um pequeno leopardo que tivemos uns dias no nosso quintal me fez ser felino. No leopardo eu via a criatura sem criação, divina e suficiente, não querendo nem desdenhando. Perante ele, o meu ser humano era pouco, imperfeito, carente. Mas o nosso leopardito foi levado para um destino longe e o sonho desvaneceu.

Ser humano foi talvez o que nunca aspirei. Ao fim de muita insistência lá me resignei. Mas, ao menos fosse bombeiro. Cedo aprendemos o mundo como uma casa ameaçada de incêndio.

Que chamas são essas que assaltam o nosso lugar de infância e devoram esse tempo divino? Pois, como tantos outros eu aspirava ser bombeiro, corrigindo essa fatalidade, salvando não apenas pessoas, mas a sua condição de moradores na eternidade.

Mas estava escrito: eu havia de ser homem. Educaram-me. Isto é, fui aprendendo a ter medo de querer ser outra coisa. Encontrei refúgio nas pequenas estórias. Sonhar, sonhar-me, esquecer-me, vencer-me sem ter que lutar contra nada. Através do sonho eu já havia viajado de identidade: já fora bicho, bombeiro, e até pessoa. Sem saber eu já estava escritor, portador assintomático dessa doença chamada poesia. Estava condenado a ter pátria nesse tempo inicial e iniciador. A infância não é, neste sentido, um tempo mas um acto de fé, uma devoção.

O que tem a língua a ver com estas lembranças? Para manter residência na infância necessito de uma língua em estado de infância. Essa é a minha aposta quando escrevo. Tenho a meu favor o facto de Moçambique ser ele próprio um lugar em infância, uma nação em flagrante invenção de si e da sua língua de identidade. Estranha coincidência: a minha pátria é-me contemporânea. Fui nascendo com ela, ela está nascendo comigo. Eu e a minha terra somos da mesma geração.

A minha língua portuguesa, repito a minha língua portuguesa, é a pátria que estou inventando para mim. Essa língua nómada não a quero perder, não quero ficar exilado desse tempo em que não havia o tempo. Cito um habitante de Tizangara, um lugar em que voavam flamingos. Dizia assim: "Não é de um tempo que tenho saudade. Saudade tenho é de não haver tempo nenhum".

A escrita é uma casa que eu visito, mas onde não quero morar. O que me instiga são as outras línguas e linguagens, sabedorias que ganhamos apenas se de nós mesmos nos soubermos apagar. Da minha língua materna eu aspiro esse momento em que ela se desidioma, convertendo-se num corpo sem mando de estrutura ou de regra. O que quero é esse desmaio gramatical, em que o português perde todos os sentidos.

Nesse momento de caos e perda, a língua é permeável a outras razões, deixa-se mestiçar e torna-se mais fecunda. A língua é, só então, viagem viajada, namoradeira de outras vozes e outros tempos.

Se a razão é a poesia — e a minha causa é só essa, a criação poética — então, o importante não é tanto a língua, nem sequer o quanto ela nos é materna. Mais importante é essa outra língua que falamos mesmo antes de nascermos. Nesse registo está a porta e o passaporte em que todos nos fazemos humanos, fabricadores da palavra e, com igual mestria, criadores de silêncio.

Os sotaques do silêncio

Certa vez, numa sombra em Niassa, eu trocava uns nadas com um velho camponês. Um homem sabedor das suas coisas, em seu mundo. Foi ele que me disse nesse português que ele mesmo chamava de "português corta-mato", foi ele que me disse algo que aproveitei, mais tarde, em livro. Perguntou-me: "Sabe qual a diferença entre um sábio branco e um sábio preto? Ora, o sábio branco é o primeiro a responder, o sábio preto é o que mais demora a dar resposta. Às vezes quando ele responde já ninguém mais se lembra qual era a pergunta".

Lembro-me ainda de que eu e esse velho ficámos em silêncio durante um tempo. Naqueles lugares o silêncio não suscita qualquer embaraço nem é um sinal de solidão. O silêncio é, tanto quanto a palavra, um momento vital de partilha de entendimentos. Estávamos numa dessas pausas quando ele me perguntou:

— O senhor não sabe falar nada de xi-djaua?[1]
— Nem uma palavra, Saide.
— Está a ver a diferença entre nós?
— Estou, sim. Nós falamos diferente.
— Não, o senhor não está a ver. A diferença entre nós não está no que falamos. A diferença está em que eu sei ficar calado em português e o senhor não sabe ficar calado em nenhuma língua.

[1] Língua do povo Ajaua, do norte de Moçambique.

* * *

Em nome dessa sabedoria de silêncios me fico por aqui. Espero ter falado apenas de crime e de viagem, os dois únicos assuntos que podem credenciar a fala de um escritor. Obrigado pela vossa atenção.

O novelo ensarilhado*

Um dos meus momentos mais antigos é o seguinte: estou sentado, de braços estendidos, frente à minha mãe que vai enrolando um novelo de lã a partir de uma meada suspensa nos meus pulsos. Eu era menino, mas aquela tarefa era mais que uma incumbência: eu estava dando corpo a um ritual antiquíssimo, como se houvesse antes de mim uma outra criança em cujos braços se enrolava o mesmo infinito fio de lã. Esta persistente lembrança, que eu saboreio como uma sombra eterna, é quase uma metáfora do trabalho da memória: um fio ténue, juntando-se a outros fios que se enroscam num redondo ventre.

Revisito este momento como uma primeira pedra deste texto. Este é um encontro sobre memórias e eu começo com uma lembrança que me inaugura a mim, enquanto produtor de memórias e outras falsidades.

(*) Intervenção no Congresso *Literatura e memória de guerra,* da Universidade Politécnica de Moçambique, em Maputo, novembro de 2008.

Regressarei, mais tarde, ao novelo de lã e ao infinito sossego da minha casa de infância.

Fomos aqui chamados para falar de história e de memórias, de paz e de guerras. Como se, enquanto escritores, tivéssemos uma competência particular nestes domínios.

Num romance que estou escrevendo há uma personagem a quem perguntam: "E onde irás ser sepultado?". E ela responde: "A minha sepultura maior não mora no futuro. A minha cova é o meu passado".

De facto, cada um de nós corre o risco de ficar sepultado no seu próprio passado. Todos temos de resistir para não ficarmos aprisionados numa memória simplificada que é o retrato que outros fizeram de nós. Todos trazemos escrito um livro e esse texto quer-se impor como nossa nascente e como nosso destino. Se existe uma guerra em cada um de nós é a de nos opormos a esse fado de estarmos condenados a uma única e previsível narrativa.

Falar de guerras é um assunto nada pacífico. Falar de memórias é um assunto cheio de esquecimento. É estranho olhar-se o escritor que cuida do passado como um guardião do cais, alguém que fiscaliza as amarras dos barcos. De facto, o escritor é alguém que solta o barco e convida para a errância da viagem. Sempre que invoca o passado, o escritor está construindo uma mentira, está inventando um tempo que está fora do Tempo. Este estatuto de mentirosos que mentem para serem acreditados deve ser ressalvado num debate como este.

Caros amigos e colegas, verdadeiros colegas do ofício da mentira:

No primeiro dia deste congresso, o José Luis Cabaço perguntou por que é que os nossos escritores não usam a luta armada de libertação nacional como sua fonte de inspiração.
Felizmente ele levantou essa questão numa mesa anterior, em que o tema era outro e a resposta ficou adiada. Se tivesse de responder, nessa altura, eu diria: porque é muito próximo no tempo e porque é muito próximo do sonho. Responderia que essa luta foi sentida como uma ficção, foi vivida como uma narrativa épica. Estamos perante um desses casos em que a personagem engole o narrador, o herói devora o autor.
Mas a pergunta foi feita há dois dias e, em casa, eu pensei que poderiam existir outros motivos. E creio que, na realidade, existem. Um destes motivos é que, sendo próxima no tempo, a luta armada de libertação se afastou da sua anterior proximidade afectiva. A narrativa deste processo histórico foi sendo apropriada por um discurso de exaltação e ganhou demasiada solenidade. A epopeia perdeu sedução e passou a ser figurada apenas por heróis que têm nomes nas ruas e praças, mas que não têm rosto nem voz. Herdámos uma história heróica de heróis sem história. Personagens sobre-humanas destronaram as pessoas comuns, essa gente humilde que teve medo, que hesitou, que namorou, que se tornou semelhante a todos nós.
Na verdade, a pergunta do meu amigo Cabaço

pode estender-se a várias outras guerras e outros episódios épicos do nosso país. Onde estão as histórias dessa História com H maiúsculo? Não existem. Ou talvez existam em confins secretos, mas é preciso atravessar desertos para as descobrir.

De facto, nós não esquecemos apenas a luta de libertação nacional. Nós esquecemos a recentíssima guerra de desestabilização, cujo drama ainda ecoa no nosso quotidiano. Nós esquecemos as guerras de resistência colonial, esquecemos as guerras contra ocupações regionais (como a desencadeada contra os invasores ngunis), esquecemos as guerras dos prazeiros contra as autoridades coloniais. E esquecemos com comprovada eficácia a guerra secular contra a escravatura. Este desmemorial é longo e comprova que somos peritos na arte do esquecimento.

Por que tanta competência no olvido, por que este sistemático apagar de pegadas do tempo? A resposta mais simples está na ausência da escrita. Em termos de registo temporal, nós estamos no território de ninguém: os testemunhos da oralidade ou ainda não se fizeram ou já se perderam. Esta é, certamente, a grande justificação. Mas a ausência da escrita não pode explicar tudo. Não pode explicar, por exemplo, a espantosa amnésia colectiva que apagou os sinais exteriores e interiores da recente guerra civil.

Eu creio que é preciso procurar outras respostas. Não é apenas a hegemonia da oralidade que nos impede de fixar os acontecimentos que nos fizeram desacontecer e voltar a acontecer. É preciso uma outra hipótese que explique esta estranha necessidade de excluirmos o passado da nossa mitologia caseira. À boa maneira africana, nós não sabemos fazer do passado um nosso antepassado.

Acredito que essa hipótese alternativa possa ser resumida da seguinte maneira: esquecemos as nossas guerras porque, em todos esses conflitos, não estivemos todos do mesmo lado. Esquecemos esses conflitos porque em todos eles nos distribuímos entre vencidos e vencedores. Esquecemos porque não éramos ainda esta entidade que somos hoje (moçambicanos, habitantes da mesma casa existencial que é a nação moçambicana). Esses outros que já fomos têm dificuldade em transitar para a categoria daqueles que "somos" no presente. Fomos "eles" e mantemo-nos na terceira pessoa para continuarmos a ser "nós", esta entidade colectiva que nasceu de guerras que se esquecem de si mesmas. Não sabemos sepultar dentro de nós aquilo que de nós foi falecendo. Não temos na nossa alma lugar para esses cemitérios vivos que são as memórias socialmente credenciadas.

Comecemos pela luta de libertação nacional. Quando a Frelimo desencadeou a insurreição geral armada foi difundido um apelo de mobilização que dizia, a certo passo: *Operários e camponeses, trabalhadores, intelectuais, funcionários, estudantes, soldados moçambicanos no exército português, homens, mulheres...*

Esta menção particular aos soldados moçambicanos nas fileiras portuguesas merece explicação. No exército colonial português chegou a haver 60 mil soldados. Destes, mais de metade eram moçambicanos. Estou certo de que, na totalidade dos dez anos que durou a luta de libertação, havia mais moçambicanos lutando nas fileiras do exército colonial do que nas fileiras nacionalistas. Durante este mesmo período, dezenas de milhares de moçambicanos integraram não apenas o exército regular colonial, como deram corpo a forças paramilitares como os Flechas, os Grupos Especiais, a OPVDC e os Grupos Especiais de Pára-quedistas. Para não falar dos que integraram a Pide. Numa palavra, e sem mais contas: estivemos dos dois lados da guerra, fomos vítimas e culpados, anjos e demónios.

Mas essa distribuição pelo paraíso e pelo inferno não ocorreu apenas na luta de libertação nacional. Aconteceu nas lutas de resistência em que frequentes vezes, naquilo que viria a ser o território moçambicano, nações inteiras se aliavam aos portugueses para resistir contra ameaças internas e externas. Entre os séculos XVII e XIX as tropas coloniais sempre foram compostas por uma maioria de soldados negros. O herói da resistência anticolonial Gungunhana (tão bem retratado em *Ualalapi*) foi, ao mesmo tempo, coronel do exército português. No seu quartel-general esteve hasteada a bandeira lusitana. Muitos dos outros candidatos a heróis da resistência (como Farelay de Angoche) não podem ser cantados sob risco de despertarem fantasmas dos que foram escravizados por essas mesmas personagens.

A mesma dificuldade isentou de registo narrativo o

longo e dramático período da escravatura. Por que não temos memória dessa tragédia? A resposta pode ser: é que nós fomos, ao mesmo tempo, escravos e esclavagistas.

Em suma, em toda a nossa história vencidos e vencedores se imiscuíram e agora nenhum deles quer desenterrar tempos carregados de culpa e de ressentimento. Há nesta reserva uma economia de paz, uma mediação de silêncios, cuja inteligência não pode ser minimizada.

O passado é sagrado porque é moradia dos mortos. Para se ter acesso a esse respeitoso átrio é necessário um mito fundador partilhado em consenso. Falta-nos esse *password* comum que nos devolva o tempo e, ao mesmo tempo, nos liberte do remorso e da necessidade de perdoarmos e sermos perdoados. A nossa comissão da verdade trabalha por ausência e na pressa de começar um novo texto usa apenas a tecla do *delete*.

Poder-se-ia pensar que o nascimento da nação (este que ainda vivemos) fosse o momento mais apropriado para recolher e reinventar o nosso comum património de lembranças. Mas acontece exactamente o contrário. Este é o período mais frágil, onde sabemos possível a emboscada do julgamento passadista. Em todos os países do mundo sucedeu o mesmo: o início da narrativa da nação nasceu daquilo que alguns chamaram de "sintaxe do esquecimento". Os processos de aglutinação homogénea sugerem que diferentes comunidades se esqueçam de si mesmas, e os diversos grupos abdiquem das suas singularidades. Somos uma mesma nação porque esquecemos as mesmas coisas da mesma maneira.

É preciso vazar de lembranças o território simbólico da nação para o poder povoar de novo, preenchendo o imaginário de formas novas, num espelho que mostra não tanto o que somos, mas o que poderemos ser. Na pressa de termos futuro, atiramos fora os degraus do caminho percorrido. Todos experimentámos isso recentemente. Com o processo da Independência esquecemos que tínhamos raça, tribo, individualidade. Mesmo que fosse uma falsa amnésia, o facto é que ela foi vivida com a intensidade de uma verdade.

Regresso ao primeiro episódio da minha fala, essa lembrança do modo como eu enovelava fios de lã nas mãos da minha mãe. Para agora, já em final de fala, confessar o seguinte: esse momento tão cheio de sossego tem uma outra versão. Se perguntarem à minha mãe ela dirá que aquilo era um inferno. É assim que ela me responde ainda hoje: "Tu não paravas quieto, queixavas-te que aquilo não era tarefa para um rapaz e eu tinha que te dar umas sapatadas para não ensarilharmos o novelo".

Esta é a lição: aprendi que se eu quero celebrar a casa, essa que depois de tantas casas é a minha única casa, eu não posso sentar todas as lembranças junto de minha velha mãe. Um de nós tem de esquecer. E acabamos esquecendo os dois, para que a antiga casa possa renascer na penumbra do tempo. Para não ensarilharmos o novelo da memória.

E se Obama fosse africano?*

Os africanos rejubilaram com a vitória de Obama. Eu fui um deles. Depois de uma noite em claro, na irrealidade da penumbra da madrugada, as lágrimas corriam-me quando ele pronunciou o discurso de vencedor. Nesse momento, eu era também um vencedor. A mesma felicidade me atravessou quando Nelson Mandela foi libertado e eleito novo estadista sul-africano, consolidando um caminho de dignificação para África.

Na noite de 5 de novembro, o novo presidente norte-americano não era apenas um homem que falava. Era a sufocada voz da esperança que se reerguia, liberta, dentro de nós. Meu coração tinha votado, mesmo sem permissão: habituado a pedir pouco, eu festejava uma vitória sem dimensões. Ao sair à rua, a minha cidade se havia deslocado para Chicago, negros e brancos comungando de uma mesma surpresa feliz.

(*) Artigo publicado em meados de novembro de 2008 no jornal *Savana*, Maputo.

Porque a vitória de Obama não foi a de uma raça sobre outra: sem a participação maciça dos americanos de todas as raças (incluindo a da maioria branca) os Estados Unidos da América não nos entregariam motivo para festejarmos.

Nos dias seguintes, fui colhendo as reacções eufóricas dos mais diversos recantos do nosso continente. Pessoas anónimas, cidadãos comuns quiseram testemunhar a sua felicidade. Ao mesmo tempo fui tomando nota, com algumas reservas, das mensagens solidárias de dirigentes africanos. Quase todos chamavam Obama de "nosso irmão". E pensei: estarão todos esses dirigentes sendo sinceros? Será Barack Obama familiar de tanta gente politicamente tão diversa? Tenho dúvidas. Na pressa de ver preconceitos somente nos outros, não somos capazes de ver os nossos próprios racismos e xenofobias. Na pressa de condenar o Ocidente, esquecemo-nos de aceitar as lições que nos chegam desse outro lado do mundo.

Foi então que me chegou às mãos um texto de um escritor camaronês, Patrice Nganang, intitulado: "E se Obama fosse camaronês?". As questões que o meu colega dos Camarões levantava sugeriram-me perguntas diversas, formuladas agora em redor da seguinte hipótese: e se Obama fosse africano e se concorresse à presidência num país africano? São estas perguntas que gostaria de explorar neste texto.

E se Obama fosse africano e candidato a uma presidência africana?

1. Se Obama fosse africano, um seu concorrente (um qualquer George Bush das Áfricas) inventaria mudanças na Constituição para prolongar o seu mandato para além do previsto. E o nosso Obama teria de esperar mais uns anos para voltar a candidatar-se. A espera poderia ser longa, se tomarmos em conta a permanência de um mesmo presidente no poder em África. Uns 41 anos no Gabão, 39 na Líbia, 28 no Zimbábue, 28 na Guiné Equatorial, 28 em Angola, 27 no Egipto, 26 nos Camarões. E por aí fora, perfazendo uma quinzena de presidentes que governam há mais de vinte anos consecutivos no continente. Mugabe terá noventa anos quando terminar o mandato para o qual se impôs acima do veredicto popular.

2. Se Obama fosse africano, o mais provável era que, sendo um candidato do partido da oposição, não teria espaço para fazer campanha. Far-lhe-iam como, por exemplo, no Zimbábue ou nos Camarões: seria agredido fisicamente, seria preso consecutivamente, ser-lhe-ia retirado o passaporte. Os Bushs de África não toleram opositores, não toleram a democracia.

3. Se Obama fosse africano, não seria sequer elegível em grande parte dos países porque as elites no poder inventaram leis restritivas que fecham as portas da presidência a filhos de estrangeiros e a descenden-

tes de imigrantes. O nacionalista zambiano Kenneth Kaunda está sendo questionado, no seu próprio país, como filho de malauianos. Convenientemente "descobriram" que o homem que conduziu a Zâmbia à independência e governou por mais de 25 anos era, afinal, filho de malauianos e durante todo esse tempo tinha governado "ilegalmente". Preso por alegadas intenções golpistas, o nosso Kenneth Kaunda (que dá nome a uma das mais nobres avenidas de Maputo) será interdito de fazer política e assim o regime vigente se verá livre de um opositor.

4. Sejamos claros: Obama é negro nos Estados Unidos. Em África ele é mulato. Se Obama fosse africano, veria a sua raça atirada contra o seu próprio rosto. Não que a cor da pele fosse importante para os povos que esperam ver nos seus líderes competência e trabalho sério. Mas as elites predadoras fariam campanha contra alguém que designariam por um "não autêntico africano". O mesmo irmão negro que hoje é saudado como novo presidente americano seria vilipendiado em casa como sendo representante dos "outros", dos de outra raça, de outra bandeira (ou de nenhuma bandeira?).

5. Se fosse africano, o nosso "irmão" teria de dar muita explicação aos moralistas de serviço quando pensasse em incluir no discurso de agradecimento o apoio que recebeu dos homossexuais. Pecado mortal para os advogados da chamada "pureza africana".

Para estes moralistas — tantas vezes no poder, tantas vezes com poder — a homossexualidade é um inaceitável vício mortal que é exterior a África e aos africanos.

6. Se ganhasse as eleições, Obama teria provavelmente que sentar-se à mesa de negociações e partilhar o poder com o derrotado, num processo negocial degradante que mostra que, em certos países africanos, o perdedor pode negociar aquilo que parece sagrado — a vontade do povo expressa nos votos. Nesta altura, estaria Barack Obama sentado numa mesa com um qualquer Bush em infinitas rondas negociais com mediadores africanos que ensinam que nos devemos contentar com as migalhas dos processos eleitorais que não correm a favor dos ditadores.

Inconclusivas conclusões

Fique claro: existem excepções neste quadro generalista. Sabemos todos de que excepções estamos falando e nós mesmos, moçambicanos, fomos capazes de construir uma dessas condições à parte.
Fique igualmente claro: todos estes entraves a um Obama africano não seriam impostos pelo povo, mas pelos donos do poder, por elites que fazem da governação fonte de enriquecimento sem escrúpulos.
A verdade é que Obama não é africano. A verdade é que os africanos — as pessoas simples e os traba-

lhadores anónimos — festejaram com toda a alma a vitória americana de Obama. Mas não creio que os ditadores e corruptos de África tenham o direito de se fazerem convidados para esta festa. Porque a alegria que milhões de africanos experimentaram no dia 5 de novembro nascia de eles investirem em Obama exactamente o oposto daquilo que conhecem da sua experiência com os seus próprios dirigentes. Por muito que nos custe admitir, apenas uma minoria de estados africanos conhece ou conheceu dirigentes preocupados com o bem público.

No mesmo dia em que Obama confirmava a condição de vencedor, os noticiários internacionais abarrotavam de notícias terríveis sobre África. No mesmo dia da vitória da maioria norte-americana, África continuava sendo derrotada por guerras, má gestão, ambição desmesurada de políticos gananciosos. Depois de terem morto a democracia, esses políticos estão matando a própria política. Resta a guerra, em alguns casos. Noutros, a desistência e o cinismo.

Só há um modo verdadeiro de celebrar Obama nos países africanos: é lutar para que mais bandeiras de esperança possam nascer aqui, no nosso continente. É lutar para que Obamas africanos possam também vencer. E nós, africanos de todas as etnias e raças, vencermos com esses Obamas e celebrarmos em nossa casa aquilo que agora festejamos em casa alheia.

1ª EDIÇÃO [2011] 9 reimpressões

ESTA OBRA FOI COMPOSTA PELA SPRESS EM GARAMOND E IMPRESSA EM OFSETE PELA GRÁFICA BARTIRA SOBRE PAPEL PÓLEN SOFT DA SUZANO S.A. PARA A EDITORA SCHWARCZ EM JUNHO DE 2021

A marca FSC® é a garantia de que a madeira utilizada na fabricação do papel deste livro provém de florestas que foram gerenciadas de maneira ambientalmente correta, socialmente justa e economicamente viável, além de outras fontes de origem controlada.